カバー・口絵・本文イラスト■剣《つるぎ》解《かい》

BBN
B●BOY NOVELS

花婿を乱す熱い視線

～Mr.シークレットフロア～

あさぎり夕

この物語はフィクションであり、実際の人物・団体・事件等とは、いっさい関係ありません。

CONTENTS

登場人物紹介

白波瀬 鷹 しらはせ たか

ギリシャ人と日本人のハーフ。世界展開している白波瀬ホテルグループの跡取りで「グランドオーシャンシップ東京」のオーナー。

香月冬夜 かづきとうや

トレーダー。端麗な顔立ちと洗練された立ち振る舞いで人々を惹き付けるが、ある特殊な体質のため人付き合いが大の苦手。

八神 響 やがみ きょう

大人気ミステリー作家で、実は鷹の異母弟。普段は鷹のホテルのシークレットフロアで仕事をしている。冬夜と同じく特殊な体質。

相葉卓斗 あいばたくと

明るく健気な新米編集者。コスモ書房に入社したばかりなのに、ルックスだけで、憧れの大物作家・八神の担当に選ばれてしまう。

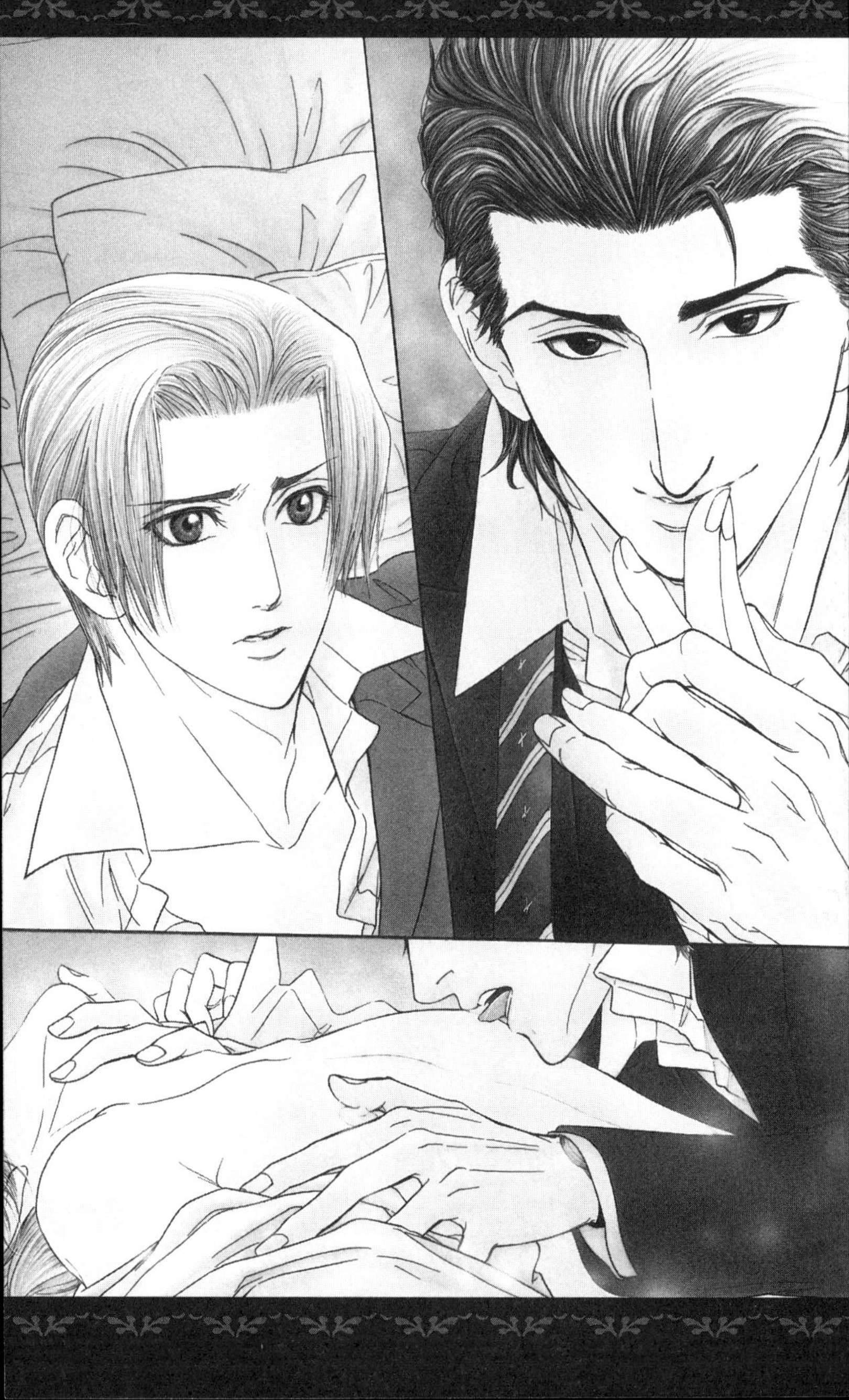

Mr.シークレットフロア
花婿を乱す熱い視線
Hot glance that disarranges bridegroom

1

(なんだ、この失礼な視線は?)

誰かの視線を感じて、香月冬夜《かづきとうや》は二十四年の人生でつちかった完璧なポーカーフェイスの下で、うんざりと思った。

ここは都心のど真ん中。新緑に萌える英国庭園《イングリッシュガーデン》に囲まれた、都会《アーバン》のリゾート。ヨーロピアンエレガンスを基調にしつつも、ゴージャス&スタイリッシュな空間に誘われて、名だたるセレブが集う超高級なラグジュアリーホテル『グランドオーシャンシップ東京』。

そのブライダルサロンともなれば、花嫁となる女性に、自らのステイタスをひけらかしたい輩《やから》で満ちているのも、当然。

四月とはいえ、外には寒々しい不況の嵐が吹き荒れる昨今、ヴィクトリア調のソファに腰かけてホテルオリジナルのマカロンを食しながら、人生の一大イベントをブライダルコーディネーター相手に相談している時点で、見栄っ張り、かつ、自信過剰の証《あかし》のようなものなのだから。

(だったら花嫁だけ見てりゃいいのに)

じきに花婿《はなむこ》になるというのに、なにが楽しくて同性である冬夜に秋波を送ってくるのか。広いフロアに余裕をもって配されたテーブルのどこかに、こちらをじっと見つめている男がいる。

いや、男だからこそ、冬夜のひときわ人目を引くクールな容貌《ようぼう》を前にして、ライバル意識を剝《む》き出しにするのかもしれないが。

どちらにしても、無遠慮な視線を楽しめる根性など持ちあわせていない。

「ねえ、冬夜さん、披露宴をとりやめるのはかまわないと思うの。代わりに、最高のスイートルームで内々のお祝いをしたいわ」

隣の席から無邪気なお願いをしてくる、二カ月後には冬夜の花嫁となる婚約者、緑川愛菜《みどりかわあいな》の愛らしい顔に意識を集中して、不快な視線を排除する。

「披露宴をおとりやめになるんですか？」

コーディネーターが、一瞬、サービス用の笑顔を忘れて、素で驚いて問いかけてきた。

その気持ちはわかる。愛菜の家は旧財閥系の名家で、毎年の新年会にこのホテルの宴会場『鳳《ほう》凰《おう》の間』を使うほどの資産家なのだ。数千万のプランになるはずの披露宴がなくなるのだから、焦《あせ》るのも道理。

「すみません。これは相談して決めたことなので。なにしろ俺のほうは、ごく普通のサラリーマン家庭ですから、仰々しい披露宴では恥をかくだけですから。愛菜も、そのへんのことは承知してくれています」

「そんなことはございません。香月様はとてもお優しくて、緑川様をとても大事になさってらして。本当に羨《うらや》ましいくらいです」

お世辞ではなく、頬《ほお》を染めつつ言いつのるコーディネーターの女性は、明らかに冬夜に見惚《みほ》れている。

端麗な面立ち、洗練された立ち居振る舞い、甘やかなテノール、両親の長所ばかりを受け継いだ自分の容姿が、家柄にも勝る財産だということくらい、重々承知。

可憐《かれん》な愛菜と並べば、まさに理想の王子様だろう。

「式はチャペルで、披露宴はスイートルームで内々にというのが希望なんですが」

切れ長の目や、薄い唇はあまりに形よく整いすぎて、ともすれば冷たい印象を与えかねないほどで、意識して柔らかな笑みを浮かべる技も身につけている。

「愛菜の話では、こちらにはロイヤルスイートよりさらにグレードの高い、シークレットフロアがあるとか？」

パンフレットを何気に覗《のぞ》きながら、相手に考える余裕を与えるように、通りのいい声でゆったりと問いかける。

「…………」

顧客には素早い対応が求められるコーディネーターが、答えをためらった。

少々お待ちください、と接客用スマイルで席を立ったものの、フロアを巡っている黒服のコンシェルジュのもとへと相談に飛んでいく後ろ姿には、焦りがありありと見える。

「へえー、本当にあるんだ。一泊二百万とかいう、特別なＶＩＰルームが」

冬夜の呟《つぶや》きに、愛菜がころころと笑う。

「だから、言ったでしょう。海外の要人を迎えるためのフロアだそうよ。部屋ごとに専属のバトラーがいるんですって。なんだか英国貴族みたいで、すてきでしょう？」

「貴族ねぇ」

プラチナカードでの買い物が当たり前、小銭すら持たないお嬢様とあって、金銭感覚はすっかり麻痺《まひ》しているようだ。

一泊二百万からのＶＩＰルームで、料理やサービス諸々を含めれば、規模を縮小したにしろ、費用は一千万を下らないだろう。それでも、宴会場を借りきって、さらし者になりながらの披露宴よりはずっとましだ。

贅沢《ぜいたく》が当たり前の家に育った愛菜と、本当に夫婦生活が送れるのだろうかとの不安もなくはないが。それでも、母親の顔を立てるためにした見合いは、すさまじく不釣り合いな家柄という以外には、断る理由も見あたらなかった。

気立てがよくて、笑顔が柔らかくて、世間知らずが少々難の愛菜だが、育ちのよさのせいか、少女の心を残したまま大人になったような可愛らしさには、好感が持てた。

冬夜のほうは、やたらと端整な容姿のわりに、人づきあいが大の苦手という性格が災いしてか、もう三年も特別な相手もなく、両親が望むようなまっとうな結婚ができる自信も可能性もないように思われた。

口うるさい母方の伯母が持ってきた見合い話は、むしろ渡りに船だったのだが。

それにしても、顔合わせからわずか三カ月半で、こうしてブライダルコーディネーター相手に、挙式の相談をすることになるとは、さすがに思ってもいなかった。

あまりに急展開すぎて、心の準備が追いつかないのも事実だが、そんな不安や戸惑いは知的な顔のどこにも表れていない。

もともとさほど感情の起伏の大きいタイプではなかったのだが、自分が他人とはちょっと変わっていることに気づいてからは、あえて喜怒哀楽を表さないように努めてきた。

だから、さっきから無遠慮に注がれている視線が少々でなく鬱陶《うっとう》しかろうとも、意にも介さぬフリくらいはできる。

（それにしても、不躾《ぶしつけ》な……）

こんなとき、冬夜は心底思うのだ。

どうして人は、行きずりの相手に並々ならぬ興味を抱くことができるのだろうかと。

そして、ふと思い出す。

ほんの一カ月半ほど前、冬夜自身が、その行きずりの相手と、人には言えないような関係を持ってしまったことを。

それも、このホテルでだった。

ねっとりとした肌感覚を伴って蘇《よみがえ》ってしまった記憶は、隣にいる婚約者への裏切りでもあるから、さっさと心のうちに封印する。

どうせ二度と会うはずのない相手。

冬夜の人生には関わることのない相手。

なのに、ときどきこうして意識に浮かんでしまうのが不快でならない……と、そこまで考えたとき、冬夜は気がついた。

(待てよ…。この視線、どこかで……?)

この状況には覚えがある。

同じようなことが以前にもあった。

そうだ、一カ月半前のあの夜、やはりこんなふうに視線を感じて——そう思いつつ流し見たさきに、大きなストライドで歩み寄ってくる男がいる。

一九〇センチはあるだろう長身を、上品な光沢が美しいブラックスーツに包み、襟元《えりもと》をストライプのタイで締めて、紳士とはかくやとばかりの出《い》で立ちで決めた男。

太い眉の下、猛禽《もうきん》を思わせる眦《まなじり》のつり上がった双眸《そうぼう》には、いやと言うほど覚えがある。

(そんな、バカな……!?)

なぜ? どうして? あの男がここにいると、冬夜は心のうちで叫ぶ。

二度と会うことのない男。

一夜かぎりの秘密の共有者。

神を信じるほどおめでたくはないが、この世界にはまだまだ人知のおよばない領域があることは知っている。

だから、こんな偶然もあるのかもしれないと、冬夜は自分に言い聞かせる。

「当ホテルのオーナー、白波瀬《しらはせ》と申します。お初にお目にかかります」

なにがお初だ！　と飛び出しそうになる怒声を、精一杯の理性を働かせて押し殺す。

驚きを抑え込むのがすっかり習い性になってしまったおかげで、この大胆不敵な男を前にしても怯《ひる》まずにいられることに、心から感謝する。

「シークレットフロアでの披露宴をご希望とのこと。ですが、こちらにも事情がございますので、私がご説明いたします」

ときに運命は、実に意地悪な悪戯《いたずら》をしかけてくる。右往左往する人間のちっぽけな懊悩《おうのう》をあざ笑うかのように。

一カ月半前のあの夜、こんな再会が待ちかまえていると知っていたら、どれほど蠱惑《こわく》的な誘いだろうとのらなかった。あんな醜態をさらすこともなかった、絶対に。

だが、後悔とは、取り返しがつかないからこそ後悔というのだ。

冬夜は、『グランドオーシャンシップ東京』のオーナーとして、再び現れた男が放つ、目にも鮮やかなセルリアンブルーの光輝を見つめながら、いまさらながらに思っていた。

失敗した、と。

＊

時は遡《さかのぼ》る。一カ月半前の運命の夜へと。

『ごめんなさい、冬夜さん。所用で行けなくなってしまったの。愛菜』

携帯に送られてきた、愛菜からの悪気のかけらもないメール。

口やかましい伯母の顔を立てての見合いからこれで九回目のデートになるのに、ドタキャンは三度目だ。三分の一の確率の我《わ》が儘《まま》は、でも、公家の血を引く由緒ある名家のお姫様にとっては、当たり前のことらしい。

「まったく、出不精の俺をここまで引っ張り出せるなんて、お姫様だけだよ」

夜景がすてきなんですって、との愛菜の微笑《ほほえ》みつきのお願いに、否と言うことはできず、セレブ御用達《ごようたし》の『グランドオーシャンシップ東京』の四十階、大人の雰囲気のライブと夜景の煌《きら》めきが売りのラウンジ&バーで待ち合わせをしたのだが、これでは足を運んできたかいがない。

普段は部屋に引きこもって、唯一の友のパソコンを相手に、世界中の株価の動向を観察しているのが仕事の冬夜は、人の多い場所は大の苦手。それも、周囲のテーブルに陣取っているのは、自信満々な成功者達ばかりとあっては、居心地の悪さもひとしおだ。

「せめて、家を出る前に連絡してくれよ」

無駄でしかない愚痴《ぐち》をこぼしながら、冬夜は携帯を背広のポケットにしまい、目の前のロックグラスを手に取った。

ごく普通の中流家庭に育った冬夜にとって、一杯のスコッチとミックスナッツに、ミュージックチャージとサービス料がついて一万近くが飛んでしまう世界は、たまの贅沢にしても分不相応すぎる。

一滴たりとも、一粒たりとも、無駄にはしたくない。せめてこのグラスを空にするまでは尻《しり》の据わりの悪さは我慢しようと、ホッと開き直りの吐息を落としたとき。

ふと、不躾な視線を感じた。

冬夜の横顔に注がれているそれを逆にたどれば、バーカウンターが目の端に映る。

（あの男か……？）

視線の主は一目でわかった。

広い肩幅と厚い胸板で、かっちりしたネイビーブルーのダブルスーツを、実に自然に着こなしている。ベストに幅広のネクタイと、キザさもここに極まれりのコーディネイトだなと思うものの、それが似合う体格だというあたりが、同じ男として羨ましいかぎりだ。

スツールを下りて、長い脚でゆったりとフロアを横切り、こちらに向かってくる。身長は優に一九〇センチはある。歳は三十半ばという感じだろうか。たぶん、そこそこに名の知れた企業の重役あたりだろう。

眉山のはっきりした太い眉や、眦のつり上がった鋭い眼差《まなざ》しに、男としての自信のほどを満々とひけらかしている。

オールバックに撫《な》で上げた髪は、緩《ゆる》いウェーブを描きながら襟足まで落ちている。

額から続く鼻がすばらしく高いことを、間接照明の淡い光が生み出す陰影が物語っている。

がっしりした骨格といい、ラテン系の面立ちといい、純粋な日本人ではないようだ。

冬夜も一七五センチほどはあるが、細身の上に女顔とあって、実際より小柄に見える。

美しい母と色男の父のどちらにも似た、いいとこどりの自分の顔は、じゅうぶん誇っていいものだと思っているが、それでも男らしさに欠けるのは否めない。

だからだろうか、野性的で豪放磊落《ごうほうらいらく》という言葉が似合うタイプには、羨望《せんぼう》と同じくらいの苦手意識も持っている。

視線に気づかなければ、知らんぷりをしていられたのに、なまじ色々わかるから、相手にも気取られてしまうのだと、冬夜は緊張で渇きはじめていた喉《のど》を、スコッチで潤《うるお》した。

男は、あやまたず、冬夜のテーブルの脇《わき》に立つと、体格に似合った低音を響かせた。

「待ち人来たらずのようだが、ご同席してもよろしいかな?」

ほらみろ、と冬夜は思う。絶対に断られるとは思っていない言いざまだ。返事をせずにいると、

「失礼」とお義理のように断りつつ、勝手に対面の席に腰掛けてしまう。

まったく図々しいにもほどがある。

だが、こうなることは最初に視線を感じたときからわかっていた。あまりに鮮やかなブルーに意識を囚《とら》われて、逃げる機を逸《いっ》した己のミスだ。

（青か……。これはしたたかな男の色だ）

対面の男をしばし眺め、見事だと思う。

これほど鮮烈な色は、めったに拝めない。

だが、冬夜が見ているのは、決して背広のネイビーブルーなどではない。

それは他の誰も見ることのできない、冬夜だけに見える色——まさに、目の前の男が発する感情の色なのだ。

さらに冬夜は、文字どおり相手の視線を触覚として感じとることができる。

とはいっても、なにも超能力や霊能力のような胡散臭《うさんくさ》い力ではない。

これは共感覚と呼ばれるもので、幻覚や想像の産物では決してなく、実在の現象であると医学的にも認められている。〝心の琴線に触れる〟という言い回しをするが、冬夜の場合、本当に視線で触れられるのだ。

人間には、視覚、聴覚、嗅覚《きゅうかく》、味覚、触覚の五感があるが、独立しているはずの五感の神経回路がなんらかの理由で入り混じってしまい、本来の感覚に伴って他の感覚までが反応する状態のことをいうのだ。

共感覚の中でも多いのは、音楽を聴くと色が見える、『色聴』という感覚である。

中には、黒で印刷されている楽譜の音符にまで色が見えたりする場合もあるとのこと。

たとえば、かのリストも共感覚の持ち主だったといわれているが、オーケストラを指揮するさいに、「そこはもっと紫に」などと色で指示を出して、楽団員達を大いに困らせたというエピソードは有名だ。

日本人にとって身近なところでは、松尾芭蕉《まつおばしょう》や宮沢賢治《みやざわけんじ》にも、ある種の共感覚があったのではないかといわれている。

他にも、文字や数字に色が見えたり、味覚や臭覚に伴って手のひらなどに形を感じたり、風景を見ただけで触れた感じがしたりと、実に多種多様な共感覚の事例が報告されている。

まだ五感が未分化な赤ん坊のころは、誰もが持っていたと主張する学者もいる。成長につれて、異なった感覚を区別するように脳内の回路が分化しはじめ、別々に発達することでほとんど失われてしまうのではないかと。

だが、たまさか冬夜のように、なぜか五感が分化しないまま、大人になってしまう場合があるのだ。

以前は十万人に一人くらいはいるとされていたが、最近の研究では、二万五千人に一人とも、二百人に一人くらいはいるとさえもいわれている。

昨今、関連書籍も増え、テレビ番組でもあつかわれたこともあって、何気に巷《ちまた》でも話題になりはじめている。

さらにネットの普及のおかげで、共感覚者が自らの体験を語るブログも増えた。

冬夜のように、視覚と触覚が組みあわさっていると告白している共感覚者も、わずかながらいるし。他人の感情を色で見る共感覚があることも、知ることができた。

俗にオーラと呼ばれているものは、共感覚者が視覚で人の感情を捉《とら》えている現象ではないかと唱える研究者もいて——ならばいま、冬夜が眼前の男に見ている色こそは、オーラなのかもしれない。

もっとも冬夜の場合、色を見るのも、視線を触覚として感じるのも、ある特定のタイプの人間だけにかぎられるのだが。

傲岸不遜《ごうがんふそん》な自信家で、誰もが見惚れるような逞《たくま》しい体軀《たいく》と、精悍《せいかん》な面立ちの持ち主。

まさにいま、冬夜の無言の拒否を歯牙《しが》にもかけず、どっかと腰を下ろした男に代表されるような、尊大な男にかぎられるのだ。

このバーのようにセレブが集まる場所を冬夜が苦手とするのは、いきなり視線で触れられるという経験を、過去にも何度も味わっているからだ。

それは唐突に触れてくる。制御できるものではなく、無意識に自然におこるのだ。

感触はあくまでリアルで、逆に言えば、現実を超えることもない。

こうして図々しい男の視線で、冬夜自身の瞳を射貫《いぬ》かれているときにも、直接眼球に触れられているような不快感はない。

たとえば、目が疲れたときに瞼《まぶた》の上からゆっくりと揉《も》みほぐすような、心地よさにより近い。

だが、この男の視線が送ってくる圧力は、いままでのそれを遙《はる》かに上回る。

（なんだ、これは……？）

指のようにさらっとしたものではなく、もっと濡《ぬ》れたもので……そう、たとえば唇で瞼の上に口づけられているような。

むろん、女性相手ならば、実際にされたことはあるが、こんなふうに視線だけで口づけの感覚を味わうのは、これが初めてだ。それもはんぱではない執拗《しつよう》さで、一時たりとも離れるのが惜しいとばかりに、繰り返し、繰り返し……。

いったいなにをしているんだ？　と睨《ね》めつければ、男は下心を見透かされたかのように苦笑して、しらりと顔を背けた。同時に、それまで感じていた圧力も去っていく。

これが冬夜の持つ共感覚の力だ。

すべては、視線という刺激によって引きおこされる、付随的な触覚でしかない。

だから断ち切るのは、存外たやすい。

こちらが見なければいいのだ。もしくは、いまのように相手が視線を外せばいい。

だが、あきらめが悪いというか、再び無遠慮に戻ってきた男の視線は、冬夜の顔全体を手のひらで撫でるような、くすぐったさをもたらしてくる。

相手の姿を視界に入れなければ、この性的な色合いを帯びた感触も消えるはず。

わずかに首を横に向ければいいのに。たったそれだけの簡単な所作が、いまの冬夜にはひどく難しい。

見ていたい、と心が叫ぶ。

初めて目《ま》の当たりにした、鮮やかな青を。

「シークレットフロアを知っているか？」

平静の仮面の下に隠された、冬夜の動揺も知らず、男はさらにずいと身を乗り出して、問いかけてくる。

そして気がつく。男の瞳の色がわずかに青みがかっていることに。これは実際の色だ。共感覚で感じる色と、現実の色は、はっきりと見分けがつく。

「このホテルにあるVIPルームのことだ。大統領や首相、アラブの王族、お忍びのハリウッドスター、世界的大企業のオーナーなど、超セレブ御用達の部屋だ。『白波瀬ホテルグループ』の中でも、グランドの名を冠したこのホテルだけにある。最低でも一泊二百万」

「一泊で二百万……？」

反射的に出た声は、呆《あき》れてしまったぶん、かえって抑揚《よくよう》に乏しく、平坦《へいたん》に聞こえる。

「それでも安いほうだ。求めるサービスによって、上限はなしの特別フロアだ。他のホテルでは望めない、最高級の設備と完璧なバトラーサービスを味わえる。興味はないか？」

どこか面白《おもしろ》がるような男の視線は、冬夜の瞳を捉えて離そうとしない。

返事をしてはいけない。

うなずいてはいけない。

この誘いの意味がわからないほど、冬夜も子供ではない。たとえ男同士であろうと性的な関係は結べるし、世の中にはそういう嗜好《しこう》の男も希《まれ》にいるということも、ちゃんと知っている。

困るのは、冬夜がそういう男に目をつけられやすいタイプだということだ。

真ん中で分けた色素の薄い前髪は、見事に左右対称の均整のとれた顔を、緩やかに縁取っている。出不精なせいか日焼けにも縁がなく、白く透きとおった肌に、ぽつんとそこだけ紅を落としたような唇は形よく、艶《つや》めき濡れて、見る者の心を捉えてしまう。

だからこそ、一人でいるときは、きつく唇を引き結び、あえてクールに決めているのに、それでも、こうして無意識に男を引っかけてしまうことがある。

「一晩、つきあわないか？」

なんの飾りもない、ストレートな誘い。

くらり、と酩酊《めいてい》状態に陥《おちい》りそうになったのは、その瞬間、男が発した感情の、あまりに鮮やかなセルリアンブルーの波紋のせいだ。

強烈な陽光に煌めくエーゲ海を思わせる目の覚めるような青の発光が、ゆるりととけて流れて冬夜までをも包み込む。

むろん、それは普通の人間に見える色ではない。

奇跡のように、冬夜の両眼にだけ与えられた力。

人の感情を色として捉える、類《たぐ》い希な共感覚なのだ。

剛胆な男が発する、わずかな濁りもない色から目を逸《そ》らすのはあまりに惜しい。それ以上に、男の視線が触れてくるたびに肌に散っていく官能に逆らうのは、ひどく難しい。

「いいだろう？　一晩だけだから」

ロックグラスをつかんでいたせいで、冷えきっていた冬夜の手に、男の熱い手のひらが重なってくる。体温は高いものの、さらっとした感触で、冬夜の指の間をくすぐるように撫でさすっている。

初対面の相手にするにはあまりに失礼すぎる行為なのに、強引で無礼なその手を払い除ける余裕すら、いまの冬夜にはない。

微動だにせず、表情ひとつ変えず、自分を誘惑する男を冷淡に観察しているような態度のうちで、必死に叫ぶものがいる。

行くなと、行ってはダメだと、叫び続けるものがいる。

だが、遅い。

もう遅すぎる。

間近から誘いかけてくる、強烈な欲望をはらんだふたつの瞳——日本人離れしたミッドナイトブルーの妖しい虹彩《こうさい》に、意識もなにも搦《から》めとられてしまった以上。

男に誘われるまま、直通エレベーターでついたさき、セキュリティドアに守られたシークレットフロアの一室に、冬夜はいた。

重量感のあるアンティークブラックの無垢《むく》材の色合いがそのまま生かされた、柱や家具。ソファや壁布には濃紺を基調としたファブリックが使われ、落ち着いた雰囲気をかもし出しているものの、個々の部屋がフロントロビーに匹敵するほどの、圧倒的な広さには驚かされる。

一泊二百万以上という、ヨーロピアンテイストの内装や調度品を楽しむ暇もなく、寝室へと連れ込まれた冬夜は、逞しい男の腕に囚われて、口づけを受けていた。

強引に唇を割って滑《すべ》り込んできた大人の舌は、まるで水たまりではしゃぐ子供のような軽快さであちこちを跳ね回りながら、好き放題に遊んでいる。

歯列を丹念になぞられ、舌の奥まで探られ、口蓋《こうがい》を内側から撫でられて、くすぐったさに、甘ったるい吐息が鼻から抜けていく。

「あ…んっ……」

それに気をよくした男が、わずかな隙間《すきま》が邪魔だとばかりに、もっと深く重なる角度を探って、唇を器用に蠢かす。

キスのあいだは目を閉じるのがルールだから、これは実際に口腔の粘膜で味わっているままの快感なのだ。根元から搦めとられた舌をきつく吸われて、やはり女のキスとは違うのだと思い知らされる。

ときには軽く舌先を甘噛《あまが》みされて、徐々に溢《あふ》れた唾液が飲みきれぬまま、唇をしっぽりと濡らしていく。まるでキャンディーのようにとかされていくような気がする。

息は忙《せわ》しなく乱れて、心臓は早鐘を打って、上気した頬が淡いピンクに染まっていく。

そうしているあいだにも、ワイシャツの胸元を撫でられて、微《かす》かに浮いた突起を押し潰《つぶ》すように悪戯される。そこはいやだと抵抗してみるが、いったん捕らえた獲物を逃すほどの優しさはないようで、さらに強く指の腹で揉み立てられる。

強引な口づけと愛撫を受けながら、背後のベッドに横たえられる。極上のマットレスとベッドカバーに身体をあずけながら、覆《おお》い被《かぶ》さってくる男の、女とは質感も重量も違う身体に押さえ込まれ、いまさらながらに早計だったかと思いはするが、逞しい両腕の檻《おり》から逃れることは不可能だろうと、あきらめと期待の吐息を漏《も》らす。

すでにネクタイは緩められ、胸元のボタンも外されて、素の肌に触れてきた手のひらがワイシャツの前を大きく割り開いている。

「きれいな肌だ。本当に男か？」

うっとりと低音を響かせながら、男が嬉《うれ》しい驚きに目を瞠《みは》る。

そのとたん、何人もの手で、寄ってたかって肌を撫で回されるようなすさまじい感触を受けて、ぞっと全身が戦慄《わなな》いた。

(な、なんだよ、これ…ッ…!?)

共感覚で感じる触覚は、どれほどリアルであろうと、現実を超えることはない。あくまで五感から得られた情報の混乱がもたらす現象なのだから。

だが、考えてみれば、視界が捉えるものは両手のひらが触れる部分より、遥かに広範囲なのだ。ならば、全身を一糸まとわぬ姿に剝かれて嘗《な》めるように見つめられれば、そのすべてに触れられているような感じを覚えるのだろうか?

その疑問の答えは、待つほどもなく与えられた。シャツの前を大きく開かれ、下着もろともにスラックスを下ろされて、股間を露《あら》わにされた瞬間、たちまち広がった全身をねぶるような愛撫は、視線がもたらしたものでしかありえない。

「……ッ……、ああっ……?」

信じられない。こんなことがあるなんて。

「ま、待て、俺はゲイじゃない……」

慌《あわ》てていまさらの言い訳をするが、なにもかも遅すぎる。

「そうか、俺もだ。でも、そんなことは関係ない。きみは俺に感じてる。まだお遊びの前戯でしかないのに」

「違うっ…、これは……！」

「なにが違う？　もうここをこんなに堅くして。ぬるぬるの蜜まで溢れているぞ」

伸びてきた手が、ためらいもなく冬夜の性器を握り、そこがすでに興奮の形を示していることを知らしめるように、根元からじんわりとしごき上げる。

「……ッ……！　そ、それは……」

あんたの視線のせいだ、と訴えてやったらどんなにすっきりするだろう。だが、自意識過剰だと笑い飛ばされるのが、関の山だ。

淫乱だと、好き者だと、ぶつけられる揶揄《やゆ》を想像するだけで、羞恥《しゅうち》に身が震える。

「きみは俺に感じてる。俺もきみに感じてる。わかるか？」

だが、男は侮蔑《ぶべつ》の責め言葉の代わりに、自らの欲望をさらしたのだ。冬夜の手をとって、自分の前に導くと、布地に覆われた部分が興奮の形を刻んでいるのを伝えてくる。

「そ、そんなものに触りたくない」

「俺は触ってほしい。できればその美しい唇で咥《くわ》えてもらいたいくらいだが……」

「絶対にいやだ！」

反射的に返したとたん、男が破顔する。

「それはひどいな」

笑うと、人なつっこく目尻がほころんで、少年のような表情になる。

「そうムキになられると傷つくな。俺がこんなになったのは、きみの美貌のせいなのに」

好感の持てる顔だ。けれんのない態度だ。

「今夜、出会えてよかった。明日の朝にはギリシャに戻らなければならない」

一晩の情事を平然と匂わせてなお、魅惑的に響く重低音。

「ギリシャ…？　じゃ、その瞳の色は？」

「母がギリシャ人だ。これは祖父譲りだな」

では、この男は、ギリシャの大富豪の息子というところだろうか。このフロアには選ばれた人間しか泊まれないと言うのだから。

「ギリシャ……オリンポスの神々の地だ」

「神より、いまは俺を見ろ」

命じる声。不遜な声。まさにオリンポスの十二神の怒りに触れそうな高圧的な態度で、ファスナーを開き、希求の想いをこれでもかとひけらかす。

いずれ神罰が下って、野垂れ死にしようと、いまを傲然と生きる、そんなふてぶてしさを全身から滲《にじ》ませながら。

それにしても、一方的に相手を貶《おとし》めるような悪趣味はないらしいが、紳士の顔を持ちながらも、自らの欲望を誇示する変態趣味はあるらしい。

（自意識過剰は、この男のほうだな）

常に一番でなければ気がすまないタイプの典型だ。性欲すらも、男の強さの証だからと惜しげもなくさらけ出しながら、冬夜の耳元に問いかけてくる。

「名前は？」

明日にはギリシャに帰る男との一夜だけの関係に、どうして名乗る必要があるだろう。

答える代わりに、冬夜は首を横に振る。

「それなら、マヤと呼ばせてもらう」

「マヤ？　女名だな。恋人か？」

「さて、どうかな。かなわぬ恋の相手というところかな。俺は、そうだな……ホークとでも呼んでもらおうか」

「ホーク？　なるほどね」

確かに猛禽の目だ。

この男は間違いなく捕食者だ。

鷹《ホーク》とは、なるほど納得の呼び名だ。

欲情に濡れたミッドナイトブルーの瞳は、まさしく鷹《たか》の目のごとく、見つめるだけで冬夜の肌を妖しくなぶる。

手が触れる、唇が触れる、でも、それとは違う場所を視線が触れていく。ときに優しく、ときに荒々しく、撫で回されるような感覚は、冬夜しか味わうことのできないものだ。

耳朶《じだ》を、頬を、喉元を、そして胸を丹念に眺め下ろす視線が与えてくる、焦《じ》れるような、くすぐったいような、もっとと訴えたくなるような、こんな愛撫を冬夜は知らない。

過去の恋人達とのセックスでは得られなかったものだ。男と女という違いが、その原因ではないことは、考えなくても明らかだ。

まさか自分の力が、こんな官能までをも引き出すものだったなんてと、冬夜は怯《おび》えさえ覚えて肌を戦慄かせる。

「初めてなら、ちょっと覚悟は必要だぞ」

念を押した男が手を伸ばし、サイドテーブルの引き出しを探る。取り出したのは、ホテルのアメニティグッズのひとつらしき、なにかのチューブだった。

「なにを……？」

透きとおったゼリー状のものを、大きな手のひらいっぱいに絞り出す。そんな量をいったいなにに使うのかと、唖然《あぜん》としている間に、下肢へと向かった手が冬夜の尻に触れる。

ねっとりとした感触が広がったと思うと、いきなり内部に奇妙な異物感を覚える。

「……ッ……!?」

まさか指か？　と思った瞬間、頭のどこかで思考回路がショートした。

だが、長年つちかってきた無表情はこんなときにも健在で、唖然としたせいで色をなくした顔は、むしろ冷淡にさえ見えるだろう。

人目にさらしたこともない場所に、とんでもないことをされているのに、それよりあまりに大量な潤滑剤《じゅんかつざい》が上等なシーツに染みを作っているほうが気になって、いったいルームキーパーになんと言い訳するのかと、どうでもいいことを心配してしまう。

これを現実逃避というのだ。冬夜は、ようよう回路の復活してきた、頭の隅で思う。

同時に、内部に加えられる刺激にも、じわじわと実感が伴ってきた。

圧迫感はひどいものの、痛みはさほどではない。むしろ、にちゃにちゃと響く淫靡《いんび》な音が、節の太い男の指が自分の中を掻《か》き回しているのだと伝えてきて、耳を塞《ふさ》ぎたくなる。

さっきまでの驚愕《きょうがく》が羞恥に取って代わられ、冬夜の肌を火照《ほて》らせていく。

その上、男がやたらとそこに視線を向けてくるから、柔肌を弄《まさぐ》られているような感覚が増すばかりで、どうにもくすぐったくて我慢できない。

「ちょ、やめっ……」

「いまさらやめるのはなしだよ、マヤ」

冬夜の訴えを最後まで聞きもせずに、にべもなく却下した男は、大量の潤滑剤をまとった指を丹念に執拗に蠢《うごめ》かして、奥へ奥へと送り込んでくる。そのたびに前立腺を掠《かす》めているのか、胸は高鳴り、下腹部は不快からではない悪寒に打ち震えてくる。

チリチリと痺《しび》れるような、くすぐったいような奇妙な感覚——男のGスポットと呼ばれ、勃起を促す場所だとの知識はあっても、これほど直截《ちょくさい》に感じる器官だとは思ってもいなかった。

苦痛より羞恥に唇を噛めば、「傷がつく」と呟いた男が、舌先を冬夜の口に押し入れて、優しい仕草で開きにかかる。

「……ッ……、んっ……」

「さあ、もっと聞かせろ、いい声を」

恥ずかしくないから、と密着するほど間近で淫《みだ》らな世界へと誘いかける、蠱惑的な声音。

ピシャリと舌が絡まりあって、ひっきりなしに双丘の狭間《はざま》から響いている音と、よく似た粘性の高い音を立てる。

そうして中をほぐしながらも、男の唇は飽くことなき愛撫を、冬夜の肌に散らしていく。

ときおりの、愛しげな『マヤ』という呼びかけが、冬夜の胸をわずかに切なくさせる。

男がうっとりと瞼を閉ざし、貪《むさぼ》るように冬夜の肌に顔を埋めると、共感覚は消え去って、現実の体温と濡れた感触だけが残る。

唐突に引き戻されたリアルな世界で、直に肌を這《は》い回る唇と舌の生々しさは、ぴしゃぴしゃと濡れそぼつ音の効果とも相まって、一気に冬夜の恥辱《ちじょく》を掻き立てていく。

婚約者のいる身でなにをしているのだと、長年つちかった理性が訴えかけてくる。

これは愚かなことだと。

一夜の過ちでしかないと。

それでも、肌を灼《や》く官能はあまりに強烈で、逆らうこともできない。

もうずっと冬夜は、視線の誘惑を避けるために、偏屈でクールな男を演じてきた。

親身になってくれるクラスメイトの誘いすら、『くだらない』の一言で排除して。

他人に興味を持たず、自らのうちに引きこもり、知的な探索を文献やネットの中に求め、変人のそしりを受けようとも、何食わぬ顔で生きてきた。

会社勤めなど、はなから無理とあきらめて、パソコンにしがみついて自らの謎を解き続けるかたわら、在宅の仕事を探しまくった。

もともと幼いころから賢く、人並み以上の頭脳は持っていたから、ネットの海を泳いでいるあいだに、覚え知ったトレーダーというものに興味を持った。

夜昼なく株価の推移を追いながら、優良銘柄を見極めて、無難だが確実な投資をしていく。

いつの間にかそれで、曲がりなりにも生活費を稼げるようになったのは、幸運だったといえるだろう。そうやって、日がな一日パソコンに向かって仕事を続け。たまに出歩くときには、いきなり触れてくる視線を避けるように、足元ばかりを見つめて生きてきた。

ひとつだけ救いがあるとすれば、冬夜の共感覚は、たった一人の例外を除いて女性相手には発動しないことだ。

数少ない過去の恋人達にも、そして、現在進行形でつきあっている、愛菜にも。

だから、口やかましい親戚が持ち込んできた見合い話にうまく乗っかって、家庭を持つことくらいはできるはず。

望みがあるとすれば、それくらいだった。

凪《な》いだ海のような平々凡々とした人生を送ることが、唯一の夢だった。

なのに、このざまはなんだ？

自ら荒海に乗り出すようなざまは、いったいなんなのだ？

（どうして、解放してしまった……？）

人は弱い。独りは寂しい。

どれほど強固な決意も、快感の前にはあっという間に霧散するほど、脆《もろ》く、弱い。

必死に抑え込んでいたものを——できれば、一生、自分の身のうちに眠らせておこうと思っていた余分な力を、ついに最悪の形で体現してしまった。

だが、と冬夜は思う。

共感覚は個人差が大きい。中でも、冬夜のように、視覚を触覚と受け止めるタイプは、あまりに少ない。いま、この瞬間の官能は、もしかしたら世界中で冬夜一人だけが知ることのできる奇跡なのかもしれないのだ。

（どのみち今夜だけだから……）

これは夢だ。一夜かぎりの、夢幻。

この男も、明日にはギリシャに帰る。

そして自分も、退屈ではあるが、心穏やかな生活に戻っていく。

それでいい。それ以上は望まない。

ただ一度、自分だけが見ることのできる美しい世界を、記憶の印画紙にしっかりと焼きつけることができれば、じゅうぶんだ。

「もういいか？」

冬夜の覚悟を悟ったのか、目的を告げずに男が問いかけてくる。

「いいよ、ホーク……」

うっとりと偽りの名を呼んで、冬夜は自ら男の背に腕を回して誘う。

「…来て……」

自分でも気恥ずかしくなるほど、媚《こ》びを含んだ声に、間近にあるミッドナイトブルーの虹彩が妖しく煌めく。

青だ。なにもかもが、欲望の青だ。


窓の向こう、ネオンの瞬《またた》きを眼下に見ながら、早春の夜は深さを増していく。

秘密を封じ込めた部屋に、嬌声《きょうせい》が満ちる、ベッドが軋《きし》む、汗の玉が散っていく。

「あっ、いいっ…！　そっ、んんっ……！」

ろくに言葉にもならぬ、切れ切れの喘《あえ》ぎに喉を震わせながら、冬夜は自分を穿《うが》つ男の背に爪を立ててとりすがる。両脚は男の腰に巻きつけて、応えるすべさえ知らぬまま、激しい前後動に揺さぶられ続ける。

引き抜かれては、それが寂しいと括約筋を搾って追いすがり。最奥の鋭敏な粘膜をえぐられては、身悶《みもだ》えて。間断なく押し寄せる愉悦の波の中、意識さえも混濁していく。

「は…やっ…！　ああっ――…！」

太い性器を呑《の》み込んでいる場所は、ひっきりなしに擦《こす》られて、いまはただ熱い。

痛みさえも鈍化するほど痺れているのに、それでも官能だけは天井知らずに増していくばかりなのが、不思議なほどだ。

「本当に初めてか？　こんなになって……」

男もまた、勝手に快感を貪っている冬夜の内部の反応に、とうてい初めてだとは思えないのだろう、あちこちを突っついては、悪戯をしかけて試している。

「いいところがあるな。奥のこのあたりに」

脆い場所を立て続けに擦られて、ぴりぴりと緩い電流でも流されたような刺激が、産毛を撫でて、肌を走る。

「な、なに…、それっ……!?」

それが前立腺とやらの効果なのか、冬夜には定かにわからない。

なんでもいい、ただ感じればいい、味わえばいい、二度とない夜ならば。

どうして自分が、意識して抑え込む以前から、あまり感情の起伏のない淡泊な性格だったのかが、ようやくわかった。

視線を感じるときの、全身の産毛がぞっとそそけ立つような悪寒に怯んで、目を背けてきたから、それが本当はどれほどに鮮烈で心地よいものなのか、知らずにきてしまった。

いや、知ってしまえばまずいことになると、心のどこかでわかっていたから、あえて知ろうとしなかったのか。

だが、そうして恐れながらも、たまさかに感じる視線は、驚くほど鮮やかな色と感触を冬夜にもたらしていたから、どこかで現実の世界が物足りなく思えたのだろう。

もう記憶すらないほど幼い日——まだ五感のすべてが混沌《こんとん》としていた赤ん坊だったころに、冬夜の目が捉えていた世界は、もっと美しく、もっと鮮烈で、もっと香《かぐわ》しいものだったに違いない。

なまじ、その力の一部だけを残していたせいで、現実の味気なさにも気づいてしまって、だから冬夜には、本当の驚愕も、本当の感動もありはしなかったのだ。

いま、怯む心を解放して、見つけたものが、冬夜にとっての本当の世界。

この美しさを知らずに、よくもいままで生きてきたものだと、切なくなるほどに。

「なにを考えている?」

耳に落ちた声で、ハッと冬夜は我に返る。

「余裕だな。こんなときに……別のことを考えているとは」

冬夜の茫洋《ぼうよう》とした表情から、勝手に他のことを考えていると思ったらしい男が、子供のようにムッと口元を歪《ゆが》めた。

だが、文句を言われる筋合いなど、もうとうない。この男だって、どうせ誰かの身代わりに冬夜を抱いているのだから。

「いまは俺が、きみの男だ」

なのに、男は傲慢に強要してくる。

「俺だけを感じろ」

無体な我意を押し通す。

そのたびに、男を包む色が、さらに鮮やかに輝きを増していく。

眩《まぶ》しいセルリアンブルーへと。

実際に腕に抱かれるだけでなく、視線にも抱かれる――それは決して単純な足し算ではすまない。

まるで二乗されたかのように、鋭敏になっていく肌が受け止める官能の波頭は、冬夜を羞恥をも超えた高処《たかみ》へと誘《いざな》っていく。

古代ギリシャの地で、オリンポスに住まう守護神は世界を統べる身でありながら、ときに黄金の雨に、ときに白鳥に、ときに鷲に、その身を変えて人を愛したという。

いまも神話が伝える、人ならぬものとの交わりは、どれほど甘美だっただろう。

そんな胸焦がす伝説を思い出させてくれる、遠いギリシャの地から降り立った男が、冬夜を抱く。冬夜を貫く。

「あっ…ああっ……！」

小麦色に逞しく灼けた肌に、玉となって舞い散る汗の滴《しずく》さえも美しく輝かせ、陶然と歪む表情すらもなやましく、冬夜の目を釘付けにする。

「……くっ……！」

ひとつ小さく呻《うめ》いた男が、背を大きく弓なりに反らして、顎《あご》を上げた。

まるで、天に住まうものに、この瞬間の恍惚《こうこつ》を捧げるかのように、目にも鮮やかなセルリアンブルーの光輝を放ちながら。

（青だ。目の覚めるようなブルーだ……！）

刹那《せつな》、パルテノン神殿の丘に、遠く海から吹き寄せる風を感じたような気がした。

それはむろん、錯覚でしかない。

エーゲ海の紺碧《こんぺき》に浮かぶ、宝石のような白い島々。トロイの伝説をいまに残すミケーネの遺跡。サントリーニ島の夕陽の赤。クレタ島の大迷宮《ラビリンス》――古代のロマンを掻き立てるそれらの言葉を映像化する能力など、どんな共感覚者であろうと持っているはずがない。

すべては、自分を深々と貫く男が見せてくれた幻影にすぎない。

この官能、この陶酔……幻影と現実の狭間を浮きつ沈みつたゆたいながら、果てすら知らぬ絶頂に酔いしれる。

身代わりでもいい。

一夜の過ちでもいい。

二度とはない夜ならば、存分に味わおう。

このさきずっと、無味乾燥とした人生を送ることになってもかまいはしない。

いま、ここにある極上の甘露《かんろ》を、どうして味わわずにいられるだろう。

白いリネンのシーツを乱しながら、男に貫かれて上り詰める絶頂の中、冬夜はこのときだけの官能に淫らに溺《おぼ》れていった。

*

あれは一度だけのことだった。

名も知らぬ男との……ホークという偽名しか知らない男との、一夜だけの情事。

なのにいま、冬夜の手に、『グランドオーシャンシップ東京』のオーナーの名刺がある。

白波瀬鷹《たか》、それが冬夜を抱いた男の本名。

(本当に鷹《ホーク》だったんだ……)

大理石のカウンターの向こう、いまはすっかりホテルオーナーとしての表情を貼りつけた男は、さきほどの挨拶《あいさつ》どおりに初対面の態度で接してくる。

「シークレットフロアは、あくまで国賓クラスのＶＩＰをお迎えするために設けたもので、ホテルのパンフレット等にも、いっさい記載しておりません。一般のお客様のご利用は、もとより想定外のフロアなのです」

丁寧な口調には、揶揄の響きがあるわけでもないのに、どこか慇懃《いんぎん》無礼な感がある。なにもなかったフリをするにしては、儀礼的すぎる態度は、かえってわざとらしい。

互いに大人なのだから、遊ばれただのと文句を言うつもりはないが、それでも、ひとつだけ許せないことがある。

（なにが明日はギリシャへ戻るだ）

陳腐なうそは、冬夜のプライドをひどく傷つける。あんな言葉を真に受けた自分を、呪いたくなるほどに。

ただの方便。冬夜を抱くための口から出任せ。

そんな言葉ひとつで言いくるめられるほどお手軽と思われるのは、業腹《ごうはら》だ。

「つまり、オーシャンシップは客を選別なさると、そういうことですか？」

ついつい臨戦態勢に入ってしまった。

「こうお考えください。シークレットフロアは常に全室予約の状態にあるのだと」

どこまでもオーナー然とした、その落ち着き払った態度も癪《しゃく》に障《さわ》る。

「たとえば、外国の首相や王族がお見えになったとき、セキュリティの観点から全フロアを貸し切りとさせていただきます。その場合には、普段からご利用になっていらっしゃるVIPの方であろうと、お断りいたします」

鉄面皮の男が二人、合わせ鏡のように対峙《たいじ》する。互いの腹を探り、言葉をしかけ、仮面を引きはがそうと、隙を狙う。

「要人の警護を最優先に考える、それがシークレットフロアなのです」

なるほど、口が巧い。さすがに白波瀬の名を継ぐ者だ。冬夜は冷ややかに思う。

それならば、と遠慮もなく斬りつける。

「国賓しか宿泊できないフロアを、オーナーご自身はご利用なさっているのでは?」

そんなにご大層なものなら、あの夜の放蕩《ほうとう》は、いったいなんだったのかと。

だが、男は答えない。内心の動揺など毛ほども見せず、冬夜を貪った欲望がうそのように、紳士的な態度を貫いている。

「世界的なVIPを迎えられるホテルをあずかるお立場としては、色々と密議などもあるんじゃないですか?」

「それはお答えしかねます。密議というのは、他言するものではありません。わかりやすくオフレコとでも申しましょうか」

のらりくらりと言い逃れる男の、うっすらと笑んだ両目に、一カ月半前のあの夜に見た剝き出しの我欲はない。その曖昧《あいまい》さで、自分に勝てると思ったら大間違いだと、冬夜はもう臆することなく男の顔を睨めつける。

「では、これもオフレコでお聞き願いたい」

それが本当の顔かと。その程度の気持ちで、あんなまねをしかけてきたのかと。

「俺はどうしても、シークレットフロアの最高のスイートですごしたいという、愛菜の願いをかなえてやりたいんです」

身体さえもひとつにとけあうような、濃密な交わりが錯覚でないなら、その顔は作り物でしかないはずとぶつけた攻撃を、オーナーの仮面を被った男は、しらりと受け流して、冬夜の隣に座る愛菜を流し見る。

瞬間、慇懃なミッドナイトブルーの瞳の奥で、ぎらりと荒々しい光が煌めいた。

「奥様は……あ、これは失礼、まだご婚約者様でしたね。緑川様はお幸せですね」

「ええ。冬夜さん、すてきなだけでなく本当に優しいの」

明らかに棘《とげ》があった男の言葉を、天然の愛菜は気づきもせずに、素直に喜んでみせる。

「お式が楽しみだわ。ねえ、冬夜さん」

「そうだね、愛菜のウエディングドレス姿を見るのが、いまから楽しみだ」

本音半分、挑発半分、自分でも悪趣味と思いつつ、見せつけるように愛菜の肩を抱く。

その瞬間、白波瀬鷹のうちに、めらりと燃え上がった炎を、冬夜は見逃さなかった。

普通の人間なら気づくことのない感情の揺らぎを――男が発する鮮やかなブルーの光輝が大きくぶれたのを、冬夜の目はまざまざと捉えていた。

『白波瀬ホテルグループ』の後継者としての仮面を被り、完璧な接客サービスで対応する若きオーナーは、だが、確かにその身のうちに、嫉妬逆巻く生々しい感情を隠し持っているのだ。

「ご婚約のお祝いに、お二人にシークレットフロアをご用意できればとは思うのですが。さて、こればかりは可能性がありますか」

まだ結婚はしていないのだと、いくらでも別れる可能性はあるのだと、言葉の裏に隠された含みを冬夜はしっかり受け止めていた。

「しばらくお時間をいただけますか？　私一人の裁量では決めかねますので」

断り切れずに微苦笑を浮かべた段階で、この勝負、白波瀬鷹の負けである。

（ふん、ざまあみろ）

思わず、勝った！　と心でガッツポーズの冬夜だが、喜んでいる場合ではない。

無理を押してシークレットフロアを使いたいなどと言い出したせいで、再びこの男に会わねばならないことになってしまった。

もはや抑えもせず、目にも鮮やかなセルリアンブルーの光輝を撒き散《ま》らすこの男に。

2

「白波瀬鷹、三十二歳。『グランドオーシャンシップ東京』の現オーナー。『白波瀬ホテルグループ』会長、白波瀬雅彰《まさあき》氏の長男……か」

パソコンに向かって、冬夜は調べたばかりの白波瀬鷹に関する履歴を読みあげた。

実際、便利な世の中になったものだ。名の知れた企業の社長クラスなら、名前だけでも検索できるのだから。とはいえ、個人情報となれば、やはりかぎられてくる。

「既婚者かどうかってのは、意外とわからないもんだな。かなわない恋をしてるとか言っていたが、あれは冗談か？」

だが、ああいう自己顕示欲の強い男は、既婚ならばマリッジリングはするだろう、などと独りごちながらキーを叩《たた》き、株価チャートを開く。

日足、週足、月足と切り替えて、出来高と株価の推移をチェックする。

トレーダーとしての観点からすれば、『白波瀬ホテルグループ』は、外資系ホテルチェーンの日本進出が相次ぐ中、健闘しているほうである。

海外展開も順調で、優良銘柄といえるのだが。冬夜的には、三十二歳の若造をグループ内でもっともグレードの高いホテルのオーナーに据える連中の気が知れず、最初からスルーしていた。

「あんなのをトップに就けていいのか？」

行きずりの男を、自らセキュリティ重視と言ったＶＩＰ御用達のシークレットフロアに引きずり込む、緩い下半身の持ち主なのだ。

あれが日常茶飯事《さはんじ》だとしたら、オーナーとして失格である。

だが、あの夜だけが特別だったのなら？

「……なわけ、ないよな」

呟きつつ、パソコンの右隅の時刻表示に目を留める。そろそろ夕食の時間だ。鼻腔《びこう》をくすぐる匂いに誘われて、席を立つ。

一階に下りて、ダイニングキッチンを覗けば、シンクに向かう母親の背中が見える。

淡い撫子《なでしこ》色の光の帯が、緩やかにその身を包んでいるのを、冬夜の共感覚が捉える。

いつもながら、心がほっとするような色だと思う。未《いま》だに他の人間にその色を見たことがないのは、やはり血の繋《つな》がりのなせる業なのかもしれない。

いまのところ、冬夜が感情の色を見ることのできる女性は、この母親だけなのだ。

婚約者の愛菜もそうだが、好意を感じる女性がいないわけではないのに、それでも冬夜の目は、白波瀬鷹のような尊大な男の色ばかりを捉えてしまう。

どうせ見えるなら、女性の感情のほうがいいに決まっている。もしもそうなら、冬夜の人生はまさにバラ色。好みの女性の気持ちが手に取るようにわかるのだから、それを利用できる狡猾《こうかつ》ささえ磨ければ、モテモテの青春を謳歌《おうか》することができただろう。

少なくとも、こんな引きこもりの人間嫌いにはならなかったはず。

「なにか手伝おうか?」

唯一、自分を理解してくれる母親の背に声をかける。

「あら、冬夜さん。お皿を出してくださる。今夜のシチューは淡い桜色なのよ」

嬉しそうな微笑みが、振り返る。

「へえー、淡い桜色ですか。それは美味《おい》しそうだ」

そうやって、いつも変わった表現で自分の手料理を語る母親は、匂いに色を見る共感覚者でもある。共感覚には遺伝的な要因が関わっているらしいとの説もあるから、冬夜の力は母親から受け継いだものなのだろう。

「そうなのよ。どうしていつもこの色にできないのかしら、不思議だわ」

普通の家庭では聞かれない珍妙な会話だが、これが冬夜が物心ついたころから繰り返されてきた、当たり前の日常なのだ。

「もう七時?　春彦《はるひこ》さんはまだかしら?」

時計を見ながら、結婚して二十六年を過ぎてもなお恋人気分たっぷりの妻は、ワーカホリックの夫を気遣う。

「親父は遅いですよ。さきに食べましょう」

「そうね。でも、冬夜さん、今日は愛菜さんとごいっしょだったんでしょう？　てっきりお食事をしてくるのかと思ってたわ」

「お姫様は所用だそうです」

「あら、残念ね。でも、緑川家のご令嬢となれば、なにかとお忙しいんでしょうね」

だが、そう言う母親も、実は、緑川家と比べても遜色のない名家のご令嬢だった。

冬夜の祖父、箕輪剛蔵《みのわごうぞう》は、『箕輪物産』の会長であり、戦後の荒廃の中から自らの力だけで財を築いた立志伝中の人物である。

母の咲子《さきこ》は、そんな箕輪の家で掌中の珠《たま》のように育てられた末娘だったのだが、当時、剛蔵の秘書だった香月春彦――つまり冬夜の父親と恋に落ちて、駆け落ち同然に結婚したのだ。

とはいえ、贅沢を当然のこととして育った咲子である。

いまは商社勤めをしている春彦が、愛する妻のためにどれほど残業をこなそうと、足りるはずもなく。二十年ローンで買ったこの家の支払いも、生活費の一部も、こっそりと祖父母が出してくれていることを、冬夜は知っている。

「披露宴のほうはどうなさるの？　冬夜さん、人前に出るのが苦手でしょう」

「それはなんとか回避できそうです。スイートルームで内々だけでという方向で」

「そう、よかったわね」

「あちらのご両親も愛娘《まなむすめ》のおねだりには勝てないようで、助かりました」

深窓の令嬢などという言葉を耳にする機会もめっきり減ったこの時代に、箱入り娘として育ったおかげで、変人呼ばわりされずにすんだ母親も、その母親に育てられたおかげで、早くから自分の視覚が普通の人には見えないものを見ているのだと知ることのできた冬夜も、ずいぶん幸運だった。

いまも、幼いころのことを思い出す。

他の子供達にはない感覚を口走るたびに、向けられてきた、不審の目、怪訝《けげん》な表情。

変な子、と吐き捨てる声。

母親の理解がなければ、トラウマになっていただろう。

「でも、冬夜さん、一番大事なのは、あなたのお気持ちなのよ。私の実家から持ち込まれたお話だから、断りづらいんでしょうけど、無理はしなくてもいいのよ」

「無理なんかしてませんよ。ただ、お祖父さんもお祖母さんも、このところめっきりお年を召したし、せめて孫の俺が孝行してやりたいという気にはなりますが」

「冬夜さんは優しいのね」

「はは……」

親の欲目でいい面ばかり見えるのか、母親の冬夜評は実に甘い。

照れ臭さに、尻の据わりが悪くなるほどに。専業トレーダーなどやっているくらいなのだから、冬夜は決して優しくはない。

むしろ打算に走る、狡猾タイプと自負している。

愛菜もある意味、この母親と負けず劣らずの天然のお嬢様だから、鷹揚《おうよう》でよそ事に頓着《とんちゃく》しない。たぶん冬夜の力を知っても、さほど驚きもせずに、『まあ、面白い』ですませてくれるはず。

この機を逃したら、不義理をし続けてきた祖父母に借りを返すことも、両親に楽をさせてやることも、冬夜自身がまっとうな家庭を持つこともできない気がするから、急《せ》いているだけなのだ。

一挙両得どころか一挙三得を狙った、小狡《こずる》い選択。

気持ちが伴っていないことに後ろめたさはあるものの、どうやら愛菜にも、緑川家と箕輪家のいわば政略結婚のようなものとの、認識はあるらしい。

どちらも特別な相手がいるでもなく、なんとなく見合いの席で気が合ったと、それだけで決めた結婚だが、冬夜が緑川家に養子に入ることで、様々な思惑がすべて丸くおさまるのなら、めでたしめでたしではないかと割りきってもいる。

そのぶん、愛菜を大切にしようと決めている。

そうして、一カ月後に控えた結婚の話題に花を咲かせていた夕餉《ゆうげ》の途中、スラックスのポケットに突っ込んでおいた携帯が鳴った。

「あら、またお仕事なの？」

せっかくの桜色が冷めてしまうわ、と肩を落とす母親に、メールですよと断って、中身を確認する。てっきりネットで知りあったトレーダー仲間からのメールかと思ったが、送信者はなんと白波瀬鷹だった。

(来たか)

さっと本文に目を走らせて、何事もなかったかのようにポケットにしまう。

「たいした用件じゃないです」

平静を装って、食事を続ける。

こんなとき、母親が感情の色が見える共感覚でなくてよかったと思う。もしも、見えてしまったら、冬夜のうろたえ揺れるさまが、はっきりとわかっただろう。

『明日、あの夜のバーで待つ』

たったそれだけの一方的なメールは、懇願するようでいて、実は再会を強要していた。


翌日、冬夜は指定されたラウンジ&バーにいた。時計の針は五時を回り、白い陶磁器のティーセットが並ぶ窓際のテーブルにも、オレンジの光が淡く差し込んでくる。

それをのんびり見ていると、ふいに視界の端に、夕暮れ時には不似合いな鮮やかなブルーが割り込んでくる。いつもながら図々しいほど印象的な色を放つ男は、いきなり無遠慮な視線で冬夜の横顔に触れてきた。

(ああ、ウザイ……)

二十四年間も様々な視線に触れられてきて、ずいぶん慣れたと思っていたが、この男の視線はやはり他のどれとも違う。

まるで耳朶にキスでもされたような感触に、ぞっと背筋が戦慄いて、髪を掻き上げるフリをしながら耳を手のひらで隠す。だが、傍若無人な視線は、あきらめを知らず、指の一本一本をなぞるように這っていく。

ふうー、と諦念《ていねん》の吐息をつきながら、冬夜は知らん顔をするのをやめる。

例によって、大きなストライドで近づいてくる男は、紳士然としたグレーのスリーピースでかっちりと決めているのに、どこか獣じみた印象を漂わせている。

決して粗野というわけではないのだが、やはりつり上がった双眸に代表される迫力のせいだろう。そして、どんな色のスーツを着ていようが、この男が放つ色は目も眩《くら》むような青なのだと、冬夜はうっそりと眉根を寄せる。

「まさか、ラウンジの時間帯を指定してくるとはな。密事ならやはりバーの時間だろうが」

不満げな声が落ちてきて、子供のような反応だなと思う。

メールにあった『あの夜の』という表現は、決して時間の指定ではないから、『夕方五時に』とリターンしてやっただけなのに。

悔しかったら、思わせぶりな表現などしなければいいのだ。

「母親が香しい匂いのものが好きなおかげで、俺も大の紅茶党なんです。ここのフレーバーティーはなかなかですよ」

セイロン茶にベルガモットとラベンダー、それにバラの香りをブレンドしたブーケは、気持ちを落ち着けるにはちょうどいい。

「で、白波瀬さん、お話はなんでしょう?」

前回の二の舞を演じるのはまっぴらだと、足を組み替えながら上半身ごと窓へと向けて、冬夜は無遠慮な視線を断ち切った。

「他人行儀なのは好きじゃない。鷹でいい」

だが、他人じゃないか、きさまと俺は!

心の中で毒づきながらも、どうでもいいような態度で、冷然と言い捨てる。

「では、鷹さん……なんだか『ふうてんの寅さん』みたいな響きで、ちょっと笑えますが。ご用はなんでしょうか?」

「単刀直入に言おう。結婚はやめろ」

いきなりの命令口調。

それも単純明快すぎる要求は、まったく従う理由のないものだ。

「なんですか、それは?」

「きみは女を満足させられない。不幸になるとわかっている結婚は、やめるにかぎる」

こんな場所でなにを言い出すかと、さしもの冬夜も鼻白み、失礼千万な戯言《たわごと》を吐き散らしている男を一瞥《いちべつ》した。間近で目に留めたとたん、いきなり視線に搦めとられて、硬直してしまう。

だが、鷹のほうは、ぴくとも動かぬ能面のごとき冬夜の表情を見て、逆に、相手にされていないと誤解をしたらしく、つまらなそうに眉を寄せた。それだけで少々目ヂカラが弱まって、冬夜はようやく息をつく。

「目がウザイ」

一言、本音をこぼす。

「色気のない物言いだな。学生時代はホークアイと呼ばれて、女を落としまくったぞ」

「ホークアイ……なんてベタな」

「自分で考えた」

センス皆無の自画自賛男ほど、始末に負えないものはないなと、冬夜はため息を落とす。

「発想が陳腐とか、語彙《ごい》が貧困とかの自覚、ありません？」

「率直さと、腹蔵《ふくぞう》ない態度と、歯に衣着《きぬき》せぬ物言いが取り柄、という自覚ならある」

「取り柄とは長所のことです。あなたの場合、ただ短絡的で即物的で、物事に無頓着なだけでは？」

「いや、そこまで褒《ほ》められると、照れるな」

「…………」

ぜんぜん褒めていないのだがと、冬夜はうんざりと眉間《みけん》に手を当てた。

同じ日本語のはずだし、実に明快な文脈なのに、なぜか話が通じない。

「なにかなぁ、翻訳機がいるような気が……」

ボソっとこぼれた呟きは、残念ながら鷹の耳には届かなかったらしく、意味不明なやりとりはまだ続く。

「たいした分析力だ。実によく俺という人間をわかっている。どうだ？　緑川嬢と縁が切れたら、俺とつきあうというのは」

「あなたとつきあって、なにかメリットがあるんですか、俺に？」

「あるだろう。このホテルが手に入る」

両手のひらを左右に広げて、鷹は、見ろとばかりに周囲を示す。

皇居が江戸城だった時代、お堀近くの一等地に居を構えていた有力大名の屋敷跡の、広大な敷地を生かして造られた、アーバンリゾート。永田町《ながたちょう》や迎賓館《げいひんかん》といった国の中枢に隣接する、大東京の中心地だということを忘れるほどの緑豊かな庭園の向こうには、赤坂《あかさか》や六本木《ろっぽんぎ》といった繁華街が控えている。

日本でも三本の指に入るだろう、超高級ラグジュアリーホテル、それが『グランドオーシャンシップ東京』だ。

豪胆な男。不敵な男。海外ＶＩＰ御用達のホテルを、丸ごとぽんと差し出してくる。

だが、どれほど心が震えようとも、とり込まれるわけにはいかないと、矜持《きょうじ》ひとつを頼りに踏ん張って、冬夜はつれなく返す。

「それが俺の価値ですか？　ホテルひとつとは、また安く見られたものだ」

「言うね」

豪快に片頬を上げて、鷹はニッと笑む。

「なにがおかしいんです？」

自分を断る人間は、この世にはいないと思っているのか。大胆で、独善的、厚顔無恥な権力者ほどタチの悪いものはない。

「いや。なんだかきみは、いちいち反応が面白いなと」

「面白いのはそちらでは？　いっそお笑い芸人に転身なさっては？」

「きみはちっとも笑ってないぞ」

「そうですね」

冬夜はゆっくりと一口、紅茶を飲み、絶妙に組みあわされた数種の花の香りを楽しんでから、笑えない理由を端的に告げる。

「あなたは胡散臭い」

おや、と鷹は、興味深げに片眉を上げた。

「これほど出自がはっきりしてるのに？」

「あの夜、『明日にはギリシャに戻る』と言いましたね？　でも、あなたは生まれも育ちも日本ですよね」

「ああ、あれか。うそをついた覚えはない。俺の母親がギリシャ人なんだ。ギリシャ随一の貿易商の娘だ。とはいえ、俺が五つのときに、父とは離婚してるがね」

どこを突いても動じるふうもない。歯切れのいい闊達《かったつ》な滑舌は、耳に心地いい。

「このホテルを任されたのを機に、地中海リゾートにも進出しようと計画してるんだが、それにはどうしても母の一族の力がいる。ま、そんなわけで、ここのところずっとギリシャに足を運んでいたんだ。あのときも、所用で帰ってきていたが、とんぼ返りで戻らなければいけなかった」

「ぬけぬけとよく言う」

「まあ、言い訳だな。一晩かぎりと思ったほうが、きみが安心すると狙ったのは確かだ」

やはり、わざと勘違いをするような物言いをしたのだ。だが、それを自ら白状してしまう潔《いさぎよ》さが、事なかれ主義の日本人とは違うところかもしれない。

なにより、不遜で、ふてぶてしい態度さえも魅力となるあたりが、腹立たしい。

自分の魅力を重々承知している男は、ずいと身を乗り出してくるなり、冬夜の耳朶に囁《ささや》きを落とす。

「あのときは、小狡い手を使ってもきみを抱きたかった」

近づきすぎたせいで視線からは解放されたのに、そのぶん、ビブラートの利いた濃密な低音を、たっぷり聞かされる羽目になってしまった。

「いまは、式を妨害してやろうと思うほど、きみを手に入れたい」

音に対する共感覚などなかろうと、こんな腰にズンとくるような声で鼓膜を揺らされれば、誰だって肌をざわめかせるだろう。

「冗談はたいがいになさったらどうです？」

すい、と身を引き、冬夜は無礼な男の囁きから逃れる。

「たいていの女は、この声で落ちるんだが、さすがに同性には効かないか」

ゲームでも楽しむような軽快さで、鷹は大きな身体を背もたれにあずける。口元に薄い笑みを蓄えたまま、くつろいだ表情で冬夜の姿を眺めながら、作戦を練っているようだ。

広範囲を茫洋と見ているせいか、定まらぬ視線は、まるで干したばかりの布団にうつ伏せたときのような心地よさを運んでくる。

(人工のお日様だな)

寒いときには重宝かもしれないが、いまはぬくぬくと微睡《まどろ》んでいる場合ではない。

心を落ち着けるために、華奢《きゃしゃ》なハンドルの白磁のカップを口へと運ぶ。心地よい液体をゴクリと喉を鳴らして嚥下《えんか》した瞬間、そこへと一気に鷹の視線が収束したのがわかった。

喉仏の動きをなぞりながら徐々に下ったそれが、ワイシャツの襟に遮られて留まる。

しばし逡巡《しゅんじゅん》するようにとどまっていた感覚は、突然、胸元へと飛び火した。

対面の男の双眸が、なにかを面白がるように半月型に笑んで、いまは冬夜の胸のあたりに注がれている。

片頬で作った好奇心満々の笑みが、頭の中に浮かんでいるだろう妄想を教えてくれる。

背広の上から指の腹で撫でさすられるようなもどかしさが、じんわりと広がっていく。

（こいつ……！）

直接肌に感じているわけではないぶん、それはむしろ曖昧で、かえってくすぐられたような感覚を生み出していく。

こんな場所で、衆目の中で、オーナーである彼にとっては仕事場であるのに、こんな無礼な行為を平気でしかけてくる。

もっとも当人は、自分の視線にそんな威力があるなんて気づいていないのだから、文句の言いようもないのだが。

それにしても、いままでこんなふうに、着衣越しにタッチされる曖昧さまで、微細に感じたことはなかった。

感情の色が見える相手とは深く関わらずにいたし、卑猥《ひわい》な視線は目を閉じるなり顔を背けるなりして回避してきたから、気づかなかっただけという可能性もなくはないが。

だとしたら、これはまずい。

かなり、とっても、非常にまずい。

この煩悩《ぼんのう》垂れ流し男が、のべつまくなしに欲望の対象として見るたびに、たとえ公共の場であろうと冬夜はそれを受け止めて、感じてしまうということにもなりかねないのだ。

（なんて、タチの悪い男だ……！）

一度知った快感を忘れるのは難しい。それが唯一の男性相手の経験で、女とのセックスでは得られない充足感を官能とともに味わってしまったのだから、よけいに。

（ダメだ……引き込まれる……！）

まさに、これこそ視姦《しかん》だ。

目の前のホークアイが、意識もせず送ってくる、着衣越しの曖昧な愛撫だ。

（呑み込まれる……！）

思わず、艶めいた喘ぎまでが飛び出しそうになったとき、一瞬の差で、注がれていた視線が逸れた。

「失礼します、オーナー。そろそろお迎えにいくお時間ですが。成田《なりた》まで、ヘリでも二十分ほどかかりますので」

ホテルマンの制服ともいえる、黒のスーツで決めた男が声をかけてきたせいで、鷹がそちらに気をとられたのだ。

ブライダルプランの会場で見たことのある顔だ。確かジェネラルマネージャー《GM》だ。

（助かった……）

ずるっ、と背もたれに身体をあずけ、冬夜は長い安堵《あんど》の息を吐く。

「もうそんな時間か？」

確認するというより、自問するように呟いて、鷹はゼニスの腕時計に目を落とす。

つかの間、なにかを考えるふうに文字盤を見ていたが、やがて納得顔でうなずいて、冬夜のほうを振り返る。

「あまりお話が楽しかったもので、つい夢中になって、他の用事を忘れてしまいました。こちらからお呼び立てしておきながら、途中で席を立つのは失礼と思いますが、よんどころない事情がありまして……」

「ああ、かまいませんよ」

てか、さっさと消えてくれ、と唐突にオーナーの仮面を貼りつけた男に向かって、冬夜は右手をひらひらと振った。

「それでは、お好みの紅茶をごゆるりとご堪能《たんのう》ください。こちらはサービスにさせていただきますので」

丁寧な口調に、ついつい気が緩んだとたん、差し上げていた右手をいきなりつかまれた。なにかと思ったときには、深々と上体をかがめた鷹に、手の甲へと別れの口づけを贈られていた。

アフタヌーンティーの時間もそろそろ終わりとはいえ、客層は圧倒的に女性が多い。

ザワッと湧《わ》き上がったざわめきは、驚愕と歓喜が入り混じった奇妙なノリでラウンジを包む。

中にはいきなり携帯を取り出して、シャッターを切る者さえいる。

(ちょ、ちょっと待て！　肖像権ってものがあるだろう。勝手に撮るなっ！)

心で思いつつも、茫然と固まったままの冬夜の手を名残惜《なごりお》しげに撫でながら、鷹は大らかな笑みを送ってくる。

「では、またお目にかかる日を楽しみに」

これも一種のサービスのつもりなのだろう、周囲の女性客に向かって手まで挙げて応えながら、引きつり笑いを浮かべるGMを従えて、颯爽《さっそう》とその場を去っていく。

あまりに堂々とした姿は、クラシカルな英国スタイルのスーツとも相まって、シェークスピアの舞台の一場面のごとき華やかさ。

だが、一人残された冬夜は、当然のように衆目を集めることになったのだ。

「いったいどんな関係、あの二人？」

との、ヒソヒソ声さえ聞こえてくる。

(あんの野郎～！　ぶっ殺すっ！)

自慢のポーカーフェイスをフル稼働させて、冬夜は憤激を抑え込む。

サービスとなったからには、パティシエお勧めの季節のベリーのタルトもしっかり追加して、泰然自若《たいぜんじじゃく》の体《てい》で差し湯まで使い、優雅なティータイムを完遂したのだった。

3

「冬夜さん、お買い物、お願いできる？」

キッチンから母親の声がする。

ガラムマサラを使った本格的シーフードカレーを作りたいのに、仕上げに必須のヨーグルトを買い忘れたとのこと。生クリームで代用すると、きっと桜色に黄色が混じってしまうと、母親がしょんぼりと言うので、冬夜はヨーグルトひとつを買いに、夕暮れ迫る街に出た。

茜《あかね》色に染まる商店街をスーパーに向かって歩いていると、通行人の中にエメラルドグリーンやラベンダーの色が見える。その明るさに意識が引き寄せられて、冬夜は自分が顔を上げて歩いていることに気がついた。

荒療治とでもいうのだろうか、白波瀬鷹の鮮明なセルリアンブルーを見て以来、あまり他人の色を見ることに怯えなくなった。

冬夜のように、視覚から触覚が誘発される共感覚者は、ひどく少ない。ネットの海を探してみても、冬夜とまったく同じタイプはいまのところ見つけられない。

もっとも、心理実験やｆＭＲＩという脳機能を画像化する装置を使った科学的な検証は、ようやくはじまったばかりの分野なのだから、単に情報不足なだけかもしれないが。

男性の場合、女性にのみ触覚や色を感じる共感覚者はいるらしい。異性が放つ色香のようなものを——即物的に言ってしまえばフェロモンのようなものを、視覚で捉えているのかもしれないと、冬夜は思っている。

そう考えれば『色香』とは実に的確な表現ではないか。まさに女性の持つ個性を、色や香りとして認識するのだから。

だが、それが色香だとすると、冬夜の場合、さらに深刻な問題に直面する。

なにしろ、冬夜が視覚から触覚を感じる相手は、男にかぎられるのだから。異性ではなく同性の視線に感じる……これはかなり危ない要素を含んでいる。

そのことの意味を、冬夜は自分とは対極にある男への憧《あこが》れのようなものだと漠然と思うにとどめ、突き詰めて考察することはあえてしなかった。考えてしまえば、いきつく答えはひとつしかなく、それを喜べる男はそう多くはないだろう。

だが、どんなに思考を封じ込めようとも、わかってしまう瞬間はある。常々疑問に思っていたなら、なおさらのこと。

白波瀬鷹という男を前にした瞬間、頭で理解するよりさきに、それこそ身体が感じてしまったのだ。

世の中、無駄に自信過剰な男は多い。こうして近所を歩いていてさえ、否応なしに目に入る色がある。それでもあの男に比べればましだ。

あれほど図太くて、野放図で、無遠慮で、厚顔無恥で、アグレッシブで、エネルギッシュで、ギラギラして……ああ、カタカナでも鬱陶しいと、冬夜はぶるっと首を振る。

だが、逆に考えれば、もっとも心魅《ひ》かれる色を見てしまった以上、他の色をむやみに恐れる必要もなくなったともいえる。

「ちょっと特訓でもするかな」

買い物客で溢れるスーパーに足を踏み入れながら、冬夜は独りごちる。

愛菜と結婚すれば、否応なしに人前に出る機会も増える。いまから慣れておく必要があるかもしれない。近所への買い物すらうつむいていたときに比べれば、こうして顔を上げていられること自体、荒療治が役に立った証拠。

社会人になってからは、学校に通うこともなくなり、専業デイトレーダーというこもりっきりでもやれる理想的な仕事を見つけたせいで、外出する機会もめっきり減ってしまった。

もっと積極的に外に出てみようかと、珍しく前向きに考えはじめていた冬夜だった。

(ああ、まただよ……)

秋葉原《あきはばら》からの各駅停車の電車に揺られながら、冬夜は鬱々《うつうつ》と思っていた。

（どこの誰の視線だ、これは？）

二駅ほど前から、頬を撫でられるようなむずむず感が、どうにも消えてくれないのだ。

ウィークデーの昼間の下り電車とあって、混雑もそれほどではないが、吊革《つりかわ》につかまって立つ背広姿のリーマンらしき男達が多い。

この手の視線は、自信家の男のものとわかっているから、目星はついているのだが、まさか公共の場で、『見るな！』と怒鳴りつけるわけにもいかない。

（前向きになったそばから、これかよ）

思い立ったが吉日と、普段なら通販で取り寄せてしまうＰＣのパーツを買うために、秋葉原《あきはばら》まで足を運んでみたのだが、これがまた選択ミスだった。

あの街には、やたらと自意識過剰なオタクが多い。

そういう輩が放つ色は、極彩色もここに極まれりという感じで、なかなかにすさまじい。湯あたりではないが、色あたりしたような目眩《めまい》すら感じて、早々に帰途についたのだが、その電車の中で、またこれである。

視線がじわじわと強くなっている。それも触れる部分が、身体のあちこちに散らばってきた。冬夜自身に興味を持った証拠だ。

冬夜にとって『視線を感じる』という現象は、実際に冬夜自身の網膜に相手の姿が映っている場合にだけおこる。

さっきから感じているこの視線も、ちょっと意識してその方向を見れば、確実に相手は把握できるはず。目の端にようやく入っているくらいなのだが、右隅のドアにもたれかかっている男が怪しい気がする。

そうこうしているうちに、電車が次の駅に停車した。ドアが開いたのと同時に、冬夜は逃れるようにホームに降り立った。なのに、視線は執拗に追ってくる。

(くそ、しつこい……!)

空いているベンチに腰を下ろし、きつく目を閉じる。とたんに、撫でられるような感覚は消える。とはいえ、これでは一時的に回避したにすぎない。首をがくりと落とし、周囲を目に入れないように薄目を開けて、ポケットから携帯を取り出す。

助けを求めるなら誰だろうと考えて、ずらりと並んだ着信履歴の中からとっさに選んだのは、白波瀬鷹の名前だった。

(俺が欲しいなら、とりにこい!)

多忙な男が駆けつけてくる可能性は、あまりに少ない。だが、のうのうと結婚をやめろとまで言うなら、それくらいの根性は見せてみろと、冬夜はメールを打つ。

『ストーカーに追われている』との書き出しではじまるSOSを送って、ものの数分で着信メロディーが響く。

携帯を耳に当てれば、あんのじょう、すっかり馴染んだ低音が聞こえてくる。

『俺はすぐには動けないが、近場の系列ホテルからスタッフをそちらに向かわせた。車でどこにでも送るように指示しておいたから、心配するな』

力強い声に後押しされて、鬱陶しい視線を我慢しながら周囲をうかがうと、ホームへの階段を下りてくるベルマンの姿が見えた。

スタンドカラーに肩章《エポーレット》つき、金ボタンを光らせた制服は、否応なしに目に留まる。自分が動けないなら代役を立てる。それも背広姿のコンシェルジュではなく、すぐにホテルマンだとわかる制服姿のベルマンを寄こすあたり、的確な判断だ。

手を振って、ここだと示すと、それに気づいたベルマンが、足早に冬夜のほうへと向かってくる。突然の闖入《ちんにゅう》者の出現で、執拗に絡んでいた視線が消えた。

「来た。助かったよ」

端的に礼を言って、まだなにか状況を聞きたがっている声を振りきるように、携帯を切る。

即断、即行、機転の利く男。だからいやなのだ、すべてが魅惑的すぎて。

ベルマンに案内されて、冬夜は駅前に待機していたリムジンに乗った。白手袋の運転手が行き先を訊《たず》ねてくるので、人のいない場所ならどこへでもと言って、目を閉じた。

気がつくと、四車線だった道路は二車線になり、車窓を埋め尽くしていたビル群も姿を消し、やがて芽吹きはじめた新緑も初々しい雑木林へと変わっていった。そうしてついたさきは、なんと長瀞《ながとろ》だった。

「小学校の遠足で来たな、ここ」

特徴のある巨大な岩に腰を下ろし、冬夜は穏やかに流れる川面を見つめる。

平日の昼間、ゴールデンウィーク前ともなれば、観光に来る者も少ないとみえて、名勝の岩畳にも地元の子供らしき姿がちらほらあるだけ……と思いきや、やたらと悪目立ちする長身の男が一人いた。

清流から吹き寄せる風はさわやかではあるが、陽光が意外と強く、思いのほか暑い。さしもの伊達《だて》男も、スリーピースの背広を脱いで肩にかけている。

(でも、ポーズは作ってるんだな)

階段状になった岩の上に片足をのせて、片手をズボンのポケットに突っ込んだポーズは、カメラマンでもいたら、まんまロケ撮影に早変わりするだろう。完璧なモデル体型は、呑気《のんき》な渓谷美の中で思いっきり浮いている。

わざわざ先回りしたあげく、いったい何分その体勢でいたのかは知らないが、さりげなくカッコいいところを見せるための努力には、敬服する。

「なんですか、このお子様コースは?」

うんざりと声をかけると、件《くだん》のモデルぶりっこ男、白波瀬鷹がゆっくりと振り返る。

どこにいようと変わることのない、意志の強さを宿したホークアイに囚われたとたん、鮮やかな青が男を包み込む。

「人のいないところがご希望だと、運転手から連絡をもらった。そんなに俺と二人きりになりたいのかと思ったら、会議どころじゃないと飛んできてしまったんだ。お子様コースはお気に召さなかったかな?」

「まあ、景色はきれいですね。これでストーカーがいなれけば最高でしょうに」

「え? まだついてきてるのか?」

「嫌味も通じないんですか」

「ああ……、俺のことか」

本気で自分がストーキングをしているという自覚のないらしい男が、邪気もなく笑う。

「ま、今回は俺が頼んだから、ストーキングではないですよ。実際、助かりました」

「きみからの感謝は初めてだな」

大の男が、嬉しそうに笑む。

瞬間、不覚にもどきっと鼓動が跳ねて、冬夜は慌てて顔を背ける。まったく、いまいましいほどの大らかさだ。せっかく彫りの深いラテン系の顔なのに、その伸びきった鼻の下をなんとかしろと言ってやりたくなる。

「あんまりじろじろ見ないでください」

逃げていると思われるのは癪だから、文句を言いつつ、岩畳をゆっくり歩く。

「そちらにとっては理不尽な言いぶんかもしれませんし、自意識過剰と思われてもかまいません。あなたの視線はひどく痛い」

「視線が、痛い？」

「あなたの視線は色々語りすぎる。のべつまくなしに触れられているような気になる」

「ああ、それは俺のせいじゃないな。あれほど手触りのいい肌はめったにない。それがこうして手の届くところにあるんだ。男なら誰だって、もう一度味わいたいと思うはずだ」

「……ッ……！」

よくもぬけぬけと言う、この男は。

開き直りのような言葉に、冬夜はすんでのところで表情だけは抑えたものの、カッと胸を焦がした羞恥と激高は、普段は青白いほど透きとおった頬を淡いピンクに染めていた。

それを見逃すようなホークアイではない。

茶化すでもなく、穏やかな重低音に真摯《しんし》な気持ちを乗せて送ってくる。

「あまり俺のせいにするな。美しすぎるきみにだって責任がある」

歯が浮きそうな褒め言葉にうそがないのは、より鮮やかに輝きを増していく、冬夜だけが見えるセルリアンブルーが教えてくれる。

否応なしに相手の感情を読みとってしまうこの力は、便利なように思えるが、ストレートにぶつけられる感情は、冬夜のように本音をさらすのが苦手なタイプにとって、むしろ気恥ずかしいだけだ。

本音と建前というのは、誰にでもある。何食わぬ顔で謀略を企む者もいれば、落ち込んでいるのに無理に笑う者もいる。冬夜のように感情の色を見ることができなくても、口先だけの言葉というのは、なんとなくわかってしまうものだ。

だが、いま目の前で、微塵《みじん》の照れもなく揺らぎもなく、堂々と自らの気持ちをひけらかしている男は、見事に言葉と感情が一致している。

いるものなのだ、世の中にはこんな男が。

羨望と賞賛と嫉妬の的になる、しかるべき地位にいながら、非難に臆することもなく、本心を隠すことなく、相手からの反発すらも恐れずに、むしろ、これが俺だとばかりに得意然と見せつけてくる。

自信というには純粋すぎるそれは、まるで子供が母親の褒め言葉をねだっているようにも感じられる。その自己顕示欲の強さに、まだようやく新緑が芽吹きはじめたばかりの季節だというのに、暑気あたりのような目眩に襲われる。

（ダメだ……。なんだか酔いそうだ）

それも、悪酔いではなく、いい感じのほろ酔い加減だから、始末が悪い。

「見るくらい許せ。減るもんじゃなし」

「減ります。ハッキリ言って、あなたの視線はマジで鬱陶しい」

「それは嬉しいな」

「どこが？」

「他人には無関心でクールな男が、俺の視線だけは無視できないんだろう？　少なくとも俺を意識してる証拠だ」

「よくも言う……」

ああ、うんざりだ。へこむということを知らないのか、この男は！

冬夜は心底から叫びたかった。だが、鷹の図太さに辟易《へきえき》すると同時に、それを羨ましいと思っている自分が心のどこかにいる。

こんなふうに、飾らず、偽らず、伸びやかでいられたら、どれほどいいだろうと。

クールの呼び名にふさわしく、冷淡な表情を作りながらも、他人には明かせぬ秘密を抱えている身としては、憧れもするのだ。

心を映す鏡のごとき、目の覚める青に。

「俺のどこが、お気に召したんです？」

なぜ自分ごときにこだわるのかと、不思議に問えば、「顔」と漢字一文字の答えが、即行で返ってくる。

そうか顔か……。なんともわかりやすい理由だと、冬夜は小さくため息を落とす。

「次に身体の相性」

言葉を繕《つくろ》うこともしない、その率直さが羨ましくもあり、やはり、鬱陶しくもある。

しょせん、羨望と嫉妬は、表裏一体。

この男は、ひどく冬夜のプライドに障る。

「そしてなにより、誇り高さがいい」

だが、それすら見透かしているらしい男は、的確なフォローも忘れない。

「もう、勝手にしてください」

盛大なあきらめのため息をついて、冬夜はその場に腰を下ろす。清流を見下ろしながら、立て膝《ひざ》の上に腕を置き、頬杖をついて、隣の男に顔を向ける。

「いいですよ。そんなに見たけれ……」

言いかけた言葉が、途中で止まる。

なんだこれは？　と冬夜は目を眇《すが》めた。

それは、許しを得たとたんに増長した男のホークアイに伴う共感覚には違いないのだが、質感が妙なのだ。指ではない。もっと熱く、湿っていて、弾力のあるもの。

（唇…？　いや、これは舌か……？）

そういえば、最初に出会ったときも瞼に口づけられているような感じがした。

それどころかあの夜は、全身を視線で嘗め回されて官能に身悶えさせられたのだ。

だが、こんなふうに一点集中で、明確に舌だとわかる感触を覚えたのは、初めてだ。

それもはんぱではない執拗さで、まるで恋人を愛撫するかのごとく、ねっとりと瞼から頬へと嘗め回し、頬を這い下りていく。

途中、道草を楽しむように鼻先をちょんと突っついて、ついに唇にいたる。

上唇から下唇に形をなぞるように丹念に動き、徐々に中心に近づいたそれが、唇のあわいを、舌先でついばむように口づけてくる。

瞬間、ぴしゃっと濡れた音が聞こえたような気がしたのは、むろん錯覚でしかない。

音が聞こえるような共感覚は、冬夜は持ちあわせていないのだから。だが、こんな妄想を掻き立てるほど強烈な印象を感じたのも、また初めてのことで。冬夜は緊張と息苦しさに、うっすらと口元を緩めてしまった。

すかさず、その隙間に濡れた舌が食い込んでくる。強引に、貪欲《どんよく》に、割り開こうとする確固とした意志さえ伝わってくる。

（な、なんなんだ、これは……!?）

さらに唇を開けば、口腔内の粘膜を嘗めとられるような、舌を搦めとられるような、濃密な口づけを覚えるかもしれない。

そんな怯えが、胸に満ちる。

だが……。そう、だが、不安の奥に、わずかな期待も見え隠れしている。

初めての体験に戸惑いながら、恥じらいながら、でも、もっと味わってみたいと心躍らせている自分が、確かにいる。

唇の触れあいを必要としない、でも、同じほどに熱く濃密なディープキス。

それはいったい、どんな味だろう？

あさましい煩悩を打ち破ったのは、遠くではしゃぐ子供達の笑い声だった。ほんの一瞬、冬夜ではなく鷹のほうが、その声に気をとられて、視線がさまよった。

ハッと我に返ったとき、冬夜は羞恥で死ねるのではないかと思った。

なんて情けない。

なんて淫らな欲望。

陽はまだ高く、眩しく、さわやかに、岩畳や川面を照らしているのに。こんな場所でいったい自分はなにを考えているのだと、両脚を叱咤《しった》して立ち上がる。

「帰ります」

素っ気なく言って、背を向けるのに、渾身《こんしん》の力を振り絞らなければならなかった。

「もう帰るのか？」

追ってくる声を無視して、足場の悪い岩場をずんずんと歩く。

「つれない男だな。まあ、簡単に落ちないところも魅力的だが」

笑いを含んだ声。

甘えを含んだ声。

すでに視線は完璧に外れているのに、背後から聞こえる声に意識が囚われるのが悔しくて、冬夜は必死に前に前にと進んでいった。


散々な一日の終わり、ようやく家にたどりついた冬夜を待っていたのは、締めとばかりの災厄だった。

「披露宴をとりやめるなんて、どういうおつもり、冬夜さん？　向こう様がお気を悪くなさって、せっかくのお話が破談にでもなったら、どうなさるの！」

リビングに入ったとたん、待ち構えていたのは、伯母の箕輪貴子《たかこ》だった。

「中に入った私の面子《メンツ》を、潰すおつもり？」

今日はカステラが上手に焼けたわと、無邪気にミルクティーを淹《い》れている母親の、五歳年上の姉であり、愛菜との縁談を持ち込んできた張本人でもある。

かまびすしさにかけては、親族でも筆頭。

自分は婿をもらって箕輪家の跡を継いだものの、娘しか授からなかったことで、冬夜が直系男子としての権利を主張しはしないかと、心中穏やかならぬものがあるらしい。

駆け落ち結婚した妹の息子などに、出しゃばられてはたまらないから、さっさと緑川家の婿養子にしてしまいたいというのが、本音のようだ。

「でも、披露宴の件は、愛菜と話しあって決めたことですから」

言い訳も面倒と思いつつ、冬夜は伯母の斜向《はすむ》かいのソファに腰を下ろす。

「格式をお考えなさい。この家とは違うのよ。披露宴を内々でなんて、箕輪と緑川の両家が物笑いの種になるようなこと、私が許しませんよ！」

たかが披露宴ひとつをケチって、破談になってはたまらないと思っているのだろう。

両家の格式云々《うんぬん》ではなく、自分のつごうしか考えていないのは、見え見えだ。

「人前に出るのが苦手なんて、男としてだらしないと思わないこと？　あの妙な理由を逃げ口上にするのは、おやめなさい」

親族の中で、祖父母とこの伯母だけが冬夜の力を知っている。知っていてなお、克服するのが男子たるものの義務と言い放つ。

「もう決めたことです。それに、内々でといっても、実はシークレットフロアのスイートルームでと考えてます」

「え？　シークレットフロア……って、オーシャンシップのＶＩＰ御用達の？　海外の首相や王族しか泊まれないとうわさの」

「さすが、貴子伯母さん。よくご存じで」

「まあまあ、それならそうと早く言ってちょうだい。大々的な披露宴よりすてきだわ」

場所がシークレットフロアとなれば、希少価値があるから、のちのち自慢の種になる。

ならば、参加者はむしろ少ないほうがいいと踏んだのだろう。

いきなり手のひらを返して上機嫌になった伯母を前にしながら、冬夜はこれは厄介なことになったなと舌打ちする。

こうなったら、なんとしてもシークレットフロアを借りねばならない。

この伯母だけでなく、駆け落ちした母親を蔑《さげす》んだ者達を見返してやりたい。

そのためには、是が非でも、誰もが羨むような披露宴を開く。すでに目的自体がずれてきていることに気づきながらも、冬夜は心に決めていた。

白波瀬鷹を口説き落とすのだと。

4

「ついにその気になってくれたか。きみのほうから、二人っきりの逢瀬《おうせ》をお望みとは」

一見さんお断りの老舗《しにせ》料亭の離れに、冬夜は鷹と対座していた。

スイートルーム披露宴について、オーナーと相談したいことがあると言ったら、伯母がふたつ返事で予約を入れてくれたのだ。

御殿山《ごてんやま》の瀟洒《しょうしゃ》なお屋敷街の一角に、ひっそりと佇《たたず》む隠れ家的な料亭には、看板ひとつかかっていない。

贅沢に慣れた鷹には似合いの場かもしれないが、冬夜にとっては居心地悪いことこの上ない。

時代劇にありがちな、悪代官に差し出される生娘《きむすめ》の気分になってくる。

「助けていただいたお礼です。まずは一献」

ともあれ、手打ちの杯《さかずき》を交わす。出雲《いずも》の名杜氏《めいとうじ》の手になる名酒は、その名も『鷹勇《たかいさみ》』。酸味のある辛口でありながら、米の旨《うま》みを兼ね備えた、通《つう》好みの特別純米酒。冷やで飲めば、すっきりした喉越しが実に心地いい。

江戸前の旬《しゅん》な魚にこだわった懐石も見るからに美しく、こんなときでなければ、さぞや食欲をそそることだろう。だが、今夜の一番の餌は、料理でもなければ酒でもない。

「ところで、例のシークレットフロアの件。なんとかつごうつけてもらえませんか？」

鷹の好みのこの顔で勝負だと、冬夜は単刀直入に切り出した。

「簡単に言うな。それには父の許しがいる」

「俺がお願いしてるのに？」

媚びなど得意ではないものの、理性的すぎる口元に笑みをたたえれば、清々《すがすが》しい好青年になることは知っている。

恋愛における男女の心の機微にはうといが、この男の感情ならば、はっきりとわかる。

鷹を包む自信満々の青い光輝が、揺らいだところがつけめなはずだ。

「俺に『グランドオーシャンシップ東京』を差し出すと言った、あれはうそですか？」

「それは、きみが俺のものになったらだ」

「まずは代償を差し出せと？　見返りを求めるのが、あなたの恋愛感ですか？」

「狡いな、きみは」

だが、少々の揺さぶりで、たじろぐ男ではない。

冬夜の捨て身の攻撃さえも、楽しんでいるようだ。

「ここまで手を出さずにいてやるなんて、俺にしてはかなり我慢強いんだがね」

どこが我慢強いものか。会うたびに冬夜は、視線ひとつで、いままでにない淫靡な体験をさせられているのだから。

こうしているいまも、鷹の視線は遠慮もなく冬夜に触れている。ねぶっている。観賞という名の愛撫を続けている。

頬や唇に触れられるのは、いつものことだから、なんとか耐えられるものの、着衣越しのもどかしいタッチは、どうにも慣れることができない。

一番困るのは、執拗に乳首に悪戯をしかけてくることだ。着衣の上から、あんな小さな尖《とが》りをあやまたずに見つけて、摘《つま》んだり、揉んだり、押し潰したりしているような感触。

鷹の脳裏には、たった一度見ただけの冬夜の裸体が、完璧な形で刻みつけられているのだろう。背広もワイシャツも、なにを着ていても意味はない。間違いなく鷹は、冬夜を裸に剝いて、淫らな妄想に耽《ふけ》っている。

視線が直に肌に触れてくる。それこそまさに『視姦』という言葉で表されるもの以外の、なんだというのか?

(やめろ……!)

鋭く眇めた双眸に、爪を立てられたような感じまで覚える。ぴりっと走った痺れは全身へと伝《でん》播《ぱ》して、冬夜を陶酔に戦慄かせる。

「……ん……」

必死に奥歯を噛み締めているものの、突発的な刺激で、思わず漏れてしまった声は、とんでもなく甘ったるい響きを含んでいた。

「やめて、ください……」

「なにを？　ああ、俺の視線は痛いんだっけ。それにしても、見てるだけでその反応は過敏すぎるな。誘ってるとしか思えないぞ」

ニヤ、と傲岸に口角を上げて、鷹は笑む。

明らかな揶揄を耳に拾って、抑えに抑えていた堪忍袋の緒が切れた。

「俺のせいか？　違う…。きさまの視線がいけないんだ……」

言ってもどうせわかるまい。自意識過剰と呆れられるだけ。いいからかい材料を見つけたと、つけ込まれるだけ。わかっているのに、ただ視線だけで欲情したと思われるのは業腹だと、冬夜はクールの仮面もかなぐり捨てて、夢中で口走っていた。

「どうしようもない…。俺は視線を感じるんだから！　わからないだろう？　見られただけで、触れられたように感じるなんて」

めったにない激高だからこそ、いったん堰《せき》を切ったそれは、それまで溜《た》まっていたぶんを怒濤《どとう》の勢いで押し流していく。

「なに？」

「もういい……！」

言い放つなり両手で頭を抱えて、重厚な黒檀《こくたん》の座卓に額がつくほどにうつ伏せる。

笑いたければ笑えばいい。これ以上、この視線にさらされるのは耐えられない。

それにしても、長年つちかったはずなのに、理性とはなんて脆いものだ。こんな痴漢《ちかん》行為を我慢できずに砕けてしまうほどに、脆い。

秘密を吐き出した徒労感の中で、鷹の嘲笑《ちょうしょう》を待つが、しばしの間ののち聞こえてきたのは、思いのほか真剣な声だった。

「それは、もしかして共感覚ってやつか?」

問いの意味をすぐには理解しかねて、冬夜は声もなく、のろのろと顔を上げる。

(共感覚……いま、そう言ったか……?)

聞き間違いではと、茫然とする冬夜から、鷹はふと目を逸らした。

「俺の弟がそうだ。『色聴』っていう、音に色が見える共感覚の持ち主だ」

「弟さんが、共感覚者……?」

まさかこんな身近にお仲間がいたとはと、冬夜は色素の薄い虹彩を輝かせた。

自分の視線が冬夜に与えるはんぱでない影響に、鷹もようやく気づいたのか、ほころびはじめたばかりのツツジの赤が灯籠《とうろう》の灯に淡く浮かび上がる夜の庭を、見るともなく眺めながら、精悍な横顔で語る。

「弟は、もともとはピアニスト志望で、生まれつき絶対音感を持っている。色聴っていうのは絶対音感のある人間ほど、持つ割合が多いんだろう?」

「え? はい…。そう聞いてます」

神響
ナイトシリーズ第6巻
累計700万部突破!!
最新刊!!

鷹の言葉を頭で反芻《はんすう》しつつ、取り乱した自分を恥じて、冬夜は小さくうなずいた。

「そっちを向いてもいいかな？　妙な色目は使わない。これは真面目な話だから」

真摯な声で許しを請われて、「どうぞ」と返せば、さきほどまでの鋭さから一転、穏やかに凪いだ鷹の瞳が戻ってくる。

それこそ比喩《ひゆ》では決してなく、肌を刺すようだったセルリアンブルーの情動は、いまは青い綿菓子みたいに穏やかな気配となって、ふわふわと鷹を包んでいる。

「八神《やがみ》響《きょう》という作家を知っているか？」

「八神、響……？　ああ、ミステリー作家ですか。読んだことはないけど、ドラマとかになってますよね」

八神響の作品には和製ホラーっぽいミステリーが多く、冬夜の趣味ではない。とはいえ、百万部を超える著作もあるベストセラー作家だから、名前くらいは知っている。

「それが俺の弟だ。腹違いだが」

「あなたの……弟？」

誰もが知っている有名作家が、巨大ホテルグループの長である白波瀬家の次男坊というだけで、驚くにはじゅうぶんなのに、さらに色聴の持ち主だとは。

「響の能力を理解しようと、俺も少しは文献にも目を通した。きみは、目視に触覚を伴う共感覚者なのか？」

どうにも驚愕を隠せず、冬夜は言葉もなく深くうなずいた。

「それはミラータッチ共感覚とやらか？　脳内の神経細胞が関係してるんだったかな。たとえば自分でなにかを持つときと、他人が同じ仕草をしているのを観察したときでは、脳内のミラーニューロンが同様の反応を示すとかじゃなかったか？」

こんなふうに、と鷹は、座卓に置かれたお猪口《ちょこ》を軽く持ち上げる。その行動を見るだけで活性化するニューロンの集まりが、人の脳の中にはあるという。

「えーと、ミラータッチ共感覚は、ちょっと違うかも。あれは、第三者が誰かに触れているのを見て、自分が触っているような感じがするもので、俺の場合はそれとはちょっと違います。他人の視線が肌感覚に直結するんだから」

「ああ、そうか。第三者を介した現象だからミラータッチなんだな。でも、きみのは媒介がなくストレートにくるんだ」

「ええ……」

答えながら冬夜は、不思議なものを発見したように、持ち上げたついでに酒で喉を潤している鷹の顔を、まじまじと見つめる。

「どうした？」

「あなたの口からこんな知的な話題が出てくるとは、思ってもみなかったもので」

「俺をなんだと思ってる？」

「マスターベーションを覚えたばかりの猿」

率直な印象を述べただけなのに、さすがの享楽男《エピキュリアン》も、それはないだろうと苦笑した。

「言ってくれるな」

鷹は猪口を戻した手で、決まり悪そうに襟足を掻きながら、ふと、なにかを思いついたように眉を寄せた。

「つまり、きみの共感覚はこういうことか」

じっと首筋に視線を注がれたとたん、指先でくすぐられるような感じを覚えて、思わず冬夜はそこを手で押さえる。

「遊ばないでください」

上目遣いで睨めつけると、眇められていた鷹の目元が、ふわりと半月型に緩む。

「いや、すまん。納得した。ようするに視姦されているようなものなんだな」

「でも、誰のでもというわけじゃないし。肩を叩いたりする程度なら、視姦とは言わないですよね。普通はその程度なんです。けど、あなたの視線は……明らかに性的な悪戯をしかけてくる」

「見るたびに、その気になってるからな」

座椅子にもたれかかりながら、決して自慢にならないことを、鷹は得意然と吹聴する。

「じゃあ、俺も希少な存在だな」

だからそこで威張《いば》らないでほしいと、冬夜はやれやれと肩を落とす。

「希少でも、傍《はた》迷惑です」

「ふむ…。まあ、視姦されてるきみにとっては迷惑な話だろうな。じゃあ、これから外で会うときは、サングラスをかけよう」

「………」

この男の辞書に『反省』という言葉はないらしい。どこまでも悪びれない男に、呆れる気さえ失せる。

「で、室内用の眼力は、これから特訓するということで、どうだ？」

だが、どうやらあえて軽いのりで言っているらしいことに、冬夜は気がついた。特訓するまでもなく、いつもは射るような眩しさの青は、いまは目に優しいのだから。

（実際、この人が悪いわけじゃないんだし）

個人の心のうちの問題なのだから、やめてくれなどという権利は、誰にもない。

感情の色が見える冬夜だからこそ、人には決して立ち入ることのできない領分があることも、重々承知している。

その力のことも告白するべきかと迷ったが、やはり黙っていることにした。自分の気持ちを盗み見られて、楽しい気分になる人間はそうはいない。いや、鷹なら、むしろ面白がるかもしれないが。よけいなことを追及されそうな気もして、冬夜は話題を変える。

「あの、弟さんとは、ごいっしょに暮らしてるんですか？」

「興味があるか？」

「当然です」

「きみがご所望のシークレットフロアの、俺専用の部屋に住んでる。あのフロアはセキュリティ重視で、特注の防弾ガラスを使ってる。遮音は完璧だからな」

「わざわざ遮音のために？」

「ああ。色々わかりすぎるのも不便なのは、きみも経験してるだろう？」

「でも、色聴とは違いますから。俺の母親は匂いに色を見るんですが、それを音に見るってことですよね？」

絶対音感と色聴の持ち主ならば、この世界が奏でるすべての音に——梢《こずえ》を優しく揺らす風の囁きに、白浜に寄せくる潮騒に、そこでたわむれる子供らの笑い声に、街角やテレビから流れてくる音楽に、どれほど鮮やかな色を見ることだろう。

「すごい……」

思わずといったふうに漏れた、冬夜の感嘆の声を拾って、鷹がくっと喉を鳴らす。

「だから困るんだろう。意識がそっちに向いてしまって、仕事に集中できないから」

なるほど、それなら納得がいく。

冬夜がかぎられた人間にだけ見る色を、あらゆる音に見ている——それは、どれほど心躍らせる美しさだろう。

「で、俺専用の部屋の一部を……ゲストルームに当たる部分だが、響に貸してやってるんだ。普段は鍵をかけて別部屋にしてるが」

「え？　じゃあ……」

初めての情事の夜に、案内された部屋のどこかに、八神響もいたということなのだ。

それほど近くに、母親以外の共感覚者がいることも知らず、なにをしていたのかと思えば、羞恥で頭が煮えそうになる。

「会ってみたいか？」

冬夜の気持ちを見透かしたように、誘いかけてくる、妖しい低音。

むろん、会いたいのは山々だ。

「でも、あのフロアに一般人を入れることはできない。存在自体が秘密なんだから」

だが、ただで会わせてはくれないようだ。

「もちろん、俺が招待するとなれば、話は違ってくる。アラブの王族や英国貴族をティータイムに招いたこともある。そもそも俺の部屋なんだから」

「招待……してくれるんですか？」

「俺がきみを招待する。そのことの意味がわからないほど初《ウブ》じゃないだろう？」

「――――…!?」

ごくり、と冬夜は息を呑む。

その瞬間、ごうと音が聞こえるほど鮮やかに発光したセルリアンブルーの帯が、冬夜までをも搦めとる。

「一晩、きみを」

狡い男。したたかな男。だが、欲望に忠実な男。

いっそあっぱれなほどの情念。獲物に狙いを定めるその剝き出しの獣性に、目が眩む。

「考えさせて……ください」

それでも、きっぱり撥《は》ねつけることができなかった自分の弱さを、のちのち冬夜は深く悔いることになるのだ。


「一晩だって？」

よくも言う、と冬夜は独りごちる。

部屋の中には、使い慣れたパソコンのキーを叩く音が、怒濤の勢いで響いている。

自らをホークアイと呼ぶ、捕食者の目を持つ男が、いったん狙った獲物をそう簡単に放すはずがない。なのに『一晩』と言ったのは、それでじゅうぶんと踏んだからだろう。

なまじ共感覚者の弟を持つがゆえに、その力で見る世界のすばらしさも伝え聞いているはず。

「見抜かれてるな……」

ポツリと呟きを落とし、怒り任せにキーを叩いていた手を止める。常にうつむき、他人の視線を避け、目の端に映る色に怯えながら、それでも冬夜は自分の力を失いたいと思ったことはない。

それは冬夜の個性であり、生まれたときから住んでいた場所なのだ。その色が唐突に失われてしまったら、世界はどれほど味気ないものになってしまうだろう。

その中でも、もっとも美しい色が、心地よい愛撫が、白波瀬鷹から発せられるものである以上、あのホークアイから逃れることができるとはとうてい思えない。

だから、ぬけぬけと『一晩』と言った。

前回は、一度だけだと思っていたから受け入れられた。二度と会わないのだからと開き直って、溺れることができた。

唯一の、そして最後の、香しい官能。

そう信じていたからこそ、記憶の印画紙に焼きついたそれを思い出すだけで、満足していられたのだ。なのに、二度目を経験してしまったらすべては変わる。手の届くところに相手がいるとわかってしまえば、もっともっと望んでしまう。

六月には結婚を控えているのに。ジューンブライドを夢見る愛らしい花嫁と、あのホテルで新婚の夜をすごす予定なのに。

「くそ……！　なんて条件を出すんだ」

未だ冬夜は、愛菜と結ばれていない。

悪気もなくドタキャンしてくる天然っぽさも可愛くはあるのだが、心の結びつきがあるわけでもない。どちらもそれが家同士のつごうということは百も承知——となれば、いつもの我が儘の延長で、気まぐれに結婚式までドタキャンされる可能性もなくはない。

もしものことを考えて、身分違いのお姫様を傷物にするわけにはいかないと、手も出さずにいるのだが。キスだけのお子様なおつきあいでも愛菜は楽しそうだ。

二十四歳にもなって〝白馬の王子様〟に夢を抱き、二人ではじめる新生活より、ウエディングドレスをまとってのジューンブライドに憧れている、少女でしかない。

それでもよかった。冬夜のほうも性欲は人並み以下の淡白な男だし。ままごとみたいな夫婦であろうとも、緑川家の財力をバックに一生でも遊んで暮らせるのだから。

その代わり、精一杯大事にしようと決めていた。他にどれほど魅惑的な女がいようとも、冬夜の目を楽しませる色を持たない以上、浮気心などおきるはずもないし、いい夫になれる自信はあった。あったはずなのに……。

白波瀬鷹、どうしてこんな最悪のタイミングで、あの男に出会ってしまったのか？

——単刀直入に言おう。結婚はやめろ。

図々しく冬夜の人生に口を出す。ただ鮮やかなブルーを発揮するというだけで。

――きみは女を満足させられない。

知っている、そんなこと。過去のどんな女とのセックスにも、男に抱かれたあの夜の官能を超えるものはなかった。肌をなぶる視線の、烈火のごとき恍惚。唯一無二の絶頂をもたらした男の声が、再び甘く冬夜を呼ぶ。

――一晩きみを。

罪へと、禁忌《きんき》へと、裏切りへと、冬夜を引き込もうとする、蠱惑的な低音。

来い、と。

この腕の中にと。

そして、冬夜は行くのだろう。自ら誘蛾灯《ゆうがとう》に飛び込み、燃えて散る運命と知りつつも。


眠りを知らない都会の夜、『グランドオーシャンシップ東京』もまた、内側から発する灯りに照らされて、四十階建ての優美な姿を薄闇の中に浮かび上がらせている。

ベルマンに導かれて、一般客向けのフロントを素通りし、警備員が常駐するＶＩＰ専用のエレベーターホールへと案内される。促されて乗り込んだ直通エレベーター内のパネルに、ひとつだけ階数の表示されていないボタンがある。

三十七階と三十八階のあいだにある白いままのボタン、そこがシークレットフロアなのだ。

エレベーターを降りれば、透明なセキュリティドアに阻まれる。カードキーで解錠するベルマンについて、さきに進む。他の階より廊下に並ぶドアの数が少ないのは、一部屋当たりの占有面積が格段に広いからだ。

オリエンタル調、アールヌーボー調、ロココ調と、あらゆる顧客のニーズに合わせてか、ドアの設《しつら》えまでが違う。

一度は来ているのに、あのときは緊張のあまり、周囲を観察する余裕もなかった。

その中のひとつ、華美な装飾のない、重厚な観音開きのドアの前で、ベルマンが足を止める。チャイムを鳴らすのではなく、古風にノックをすると、来客を迎えるために内側からドアが開く。

「いらっしゃいませ、香月様。オーナーがお待ちでございます」

老練なバトラーが、うやうやしく頭を下げてくる図は、いつか見た映画を思い出す。

冬夜を中へと促して、そのままバトラーとベルマンは部屋を辞していく。ぱたんと背後で扉が閉まり、冬夜はたった一人で広いリビングの中、クラシカルなウイングバックソファに悠然と腰掛けた男に対峙する。

「ようこそ。俺の隠れ家に」

どっしりと質感のある低音が聞こえたとたんに、視線ごと搦めとられてしまった。

まるで羽交《はが》い締めにでもされているかのように、身動きひとつできない。

ゆったりと立ち上がり、迫ってくる男の動きに合わせて、冬夜の目が捉えるブルーの光輝もまた、優雅にたなびく。

いったいこの男の、常人離れした美しさはなんなのだと、いつも不思議になる。

野性的でありながら貴族的でもある、どちらもが浮くことなく融合して、白波瀬鷹という男の強烈な個性を作り上げている。

茫然としているあいだに腰を抱かれて、屈強な胸に引き寄せられていた。

「本当に、弟さんに会わせてくれるんですか？」

すでに八神響に会うという目的自体が言い訳になっているのに、わざわざ確認する。

「いまは締め切り前だから、ちょっと無理だ。機嫌のいいときを狙って話しておく。それではダメかな？」

会いたかったのはこの男、そんな気持ちをただ漏れさせるわけにはいかないから、しかたなく承諾するフリをしながら、落ちてきた唇を受け止める。

触れた瞬間、灼けるような熱を感じて、喉奥で息を呑む音がする。

生まれたときから王座にある男なら、供物として捧げられたものの味わい方くらい、心得ているはず。なのに、情動をぶつけるような口づけは、いきなりの暴挙となって冬夜を官能の中へと引き込んでいく。

「ん、んっ……」

痛いほどに激しく舌を吸われ、息苦しさに喘ぎながらも、冬夜は両手を略奪者の逞しい首に回す。相変わらず、鬱陶しいほどに体温が高い。貪るように押しつけられる唇も、器用に絡んで唾液を送り込んでくる舌も、ワイシャツ越しに胸を撫で回す手のひらも、どこもかしこもまるで少年の熱さだ。

一刻も惜しいとばかりに、口づけを受けたまま横抱きにされて、寝室へ運ばれていく。

キングサイズより大きな特注のベッドが、冬夜を腕に抱いたまま飛び込んだ、一九〇センチもある鷹の体軀を軽々とホールドする。

「あっ……」

覆い被さってきた男の体重を受けて、喉を反らして仰向けば、天蓋《キャノピー》からドレープを描いて流れ落ちるカーテンが、目に入る。インテリアはそこを隠れ家としている男に見合った、ヨーロピアンクラシックの落ち着いた雰囲気でまとめられている。

海外の王侯貴族もゲストとして招かれた豪奢《ごうしゃ》な部屋に、はっはっ、と獣のような荒い息づかいが響く。唇の端から溢れた二人ぶんの唾液が、顎から喉へと伝い落ちていく。

「ああ……」

そうやって熱い情動に身を灼かれながらも、冬夜の中には、妙に冷静にいまの状況を楽しんでいる部分があった。

面白いと。これは戦いなのだと。

もうずっと他人を排他して生きてはきたが、それでもトレーダーとして、毎日のように全財産を賭《か》けた勝負をしているのだ。

グローバルに広がり続けるマネーゲームの世界では、昼も夜もない。一瞬の油断が命取りになる。今日のセレブが明日には無一文に。それを回避するには、神経を研ぎ澄ませ、時勢を見極め、統計を分析し、そしてなにより勘を働かせて、最高の条件で売り抜ける。

一分一秒のためらいが、すべてをひっくり返す。ストレスははんぱでないものの、ぴりぴりと神経を灼くようなスリリングな展開に心躍るからこそ、トレーダーになったのだ。

本来の冬夜は、他人にはない知覚があるぶん、豊かな感受性を持っている。それを発揮できる場がパソコンの中にしかないとはいえ、決して宝の持ち腐れではない。

自らのうちに眠る能力を最大限に生かして、二十四時間、休むことなく動き続ける世界市場を相手にして、戦うことを楽しみ、そして常に冬夜は勝者だった。

勝利の美酒の味を知っているだけでなく、人の感情が発する美しさも見える以上、生身の人間との対決を厭《いと》う理由もないのだ。

そう。これは戦いだから。

そもそも恋愛などという甘い関係は、二人のあいだにありはしなかった。奪うか、奪われるか、心を賭けての戦いだ。

ならば、受けるにためらうことはない。

魅惑的な唸《うな》りを発する喉笛に、反撃の牙を突き立ててやるのもよし。服従の誘惑に溺れきってしまうなら、それもまたよし。

初めての出会いからこっち、この鮮烈な感覚に臆することなくぶつかりたいと、心のどこかで望んでいたのかもしれない。冬夜は空元気を振り絞って、自らを鼓舞する。

ちゅっ、と音を立てて唇を離すと、まだ足りないと迫ってくる男の胸を、両手でやんわりと押し返す。

「焦るなよ。余裕のないのは嫌いだ」

やんちゃ坊主の悪戯をたしなめるように言ってから、自ら下半身をさらしはじめる。

経験値のなさを理由に、いつもハンデを与えられているようでは男がすたると、余裕のあるフリをする。

「そんなに欲しいのか、俺が?」

邪魔なスラックスを、腰を浮かせながら太腿《ふともも》まで下ろせば、引きずられて下着もずり落ちていく。注がれる視線は強さを増して、脱いだそばから肌をねぶりはじめる。まったく欲望に対する、この男のてらいのなさには、呆れるばかりだ。

そうして、ワイシャツだけを肩に羽織《はお》ったなやましい姿をさらす冬夜を、傲然と笑んだホークアイが興味深げに見下ろしている。

「いい覚悟だ。本当にきみは俺を楽しませてくれる」

両膝を立てて冬夜の脚を跨《また》いだまま、鷹もまた、邪魔な背広を脱ぎ捨てる。ネクタイのノットに指を差し込み、ぐいと緩める仕草にさえも男の魅力が溢れている。

知らずに冬夜は、ゴクリと息を呑む。

遠慮のない視線に見下ろされるだけで、すべてが前戯に繋がってしまうから、無防備にさらされた股間に、焦れるような熱がわだかまっていく。

「素直だな。もう勃《た》ってる」

ピンと性器の先端を弾《はじ》くと、そのまま冬夜の肌へと指を滑らせる。腹から胸へとなぞり上げて、小さな尖りを探ったかと思うと、獲物を食らう勢いで吸いついてくる。

視線が落ちたのがさきだったのか、嚙まれた痛みがさきだったのか、定かにわからぬままに、すでにじわりと芯を持ってきた尖りを甘嚙みされる。たったそれだけのことで、ビクンと冬夜の身体が大きく弾けた。

「は……あっ……!?」

まだ触れてもいないほうまでも視線を感じて、なんだか妙に卑猥な形に立った姿を、白い肌にさらしている。

「敏感なわけだな。視線で感じるなら」

それを確かめるように、伸びてきた指が、もう片方を摘んで弄《いじ》り回す。

「ん、くっ…! なっ……?」

最初からそこは、妙に感じやすい場所だったが、今夜は前回の比ではない。なんとか身体を制御しようとするものの、さらなる愛撫を期待して勝手に揺らめく腰が止められない。

なまじ一度、甘露を味わってしまったせいで、渇いた身体が気持ちを無視して欲しているのだ。二カ月弱のおあずけのあと、ようやく得ることができた好機を逃すまいと。

二度とは味わえぬと思っていただけに、求めはじめるときりがない。

「それにしても、一気に汗ばんでくる。面白いものだ。おあずけのせいか?」

「…ッ…あっ! バカ、しゃべるなっ……」

触れたままでしゃべられれば、そんな微かな刺激にも感じて、肌を迫り上がった静電気のような痺れが、うなじから頬のあたりまでをぞっと粟立《あわだ》たせる。

吐息ひとつにさえ感じて、冬夜はただ夢中で、自分を食らう男の緩くウェーブを描いた髪に指を絡めていく。引き寄せれば唇の餌食《えじき》になり、引きはがせば視姦される。行くも引くもできぬまま、冬夜は、生理的な涙で潤んだ瞳を瞬《しばたた》かせる。

触れあう身体のあわいで、すでに堅く勃ち上がった性器も、先端を滴で濡らしている。

腰を回すように擦りつけられれば、直截な刺激に反応して、一気に質量を増していく。

「く、あっ……」

喘ぎなどあげるものかと歯を食いしばろうとしたところに、掠めるようなキスを落とされて、くすぐったさに、ぽっかりと唇を開いてしまった。

すかさず躍り込んできた舌が、喘ぎも吐息もすべて余さず呑み込もうと、熱く絡まってくる。

そうしているあいだにも、慣れた男の手は冬夜の腰をなぞって這い下りていく。

到達したさきで、たっぷりと尻の肉を揉み立てたあと、指先で探るようにくすぐりながら、さらに奥に秘められた小さな窄《すぼ》まりへと近づいていく。

軽く突っつかれただけで、ちゅぷと小さくぬめった音がして、すでにそこが汗に潤んでいることを伝えてくる。じわりと入り込んできた指が、敏感な内部を円を描くようにして掻き回す。やわらいだところで、もう一本。そんな微妙な所作までわかってしまい、冬夜は困惑に首を振り、フェザーの枕を叩く。

「は……んっ……！」

思わず漏れる喘ぎを耳に拾って、気をよくしたのか、男は充血した乳首を惜しむように解放して顔を上げる。そのまま冬夜の片脚を自らの肩へと抱え上げて、指を呑み込んだままの花芯を覗き込んでくる。

「なっ……!?」

視線が突き刺さるとは、まさにこのこと。襞《ひだ》を丹念に掻き分けながら、嘗めとられる感じすら覚えて、いまさらながらホークアイの威力に驚かされる。

「見るな、そ、そんなとこっ……！」

だが、そんな訴えに耳を貸す男ではない。

「すごいな、ここ。とろとろだぞ」

ほら、と埋め込んだ指で、まだ一度しか挿入の経験のない場所をジワジワと広げられて、あまりの羞恥に、冬夜は鋭敏すぎる肌を火照らせていく。

「やめっ……！」

普段はぴっちりと閉ざされている入り口は、二カ月ほども前のことを鮮明に覚え込んでいるらしく、慎みもなにも振り捨てて、もっと強い刺激を求めて開花していく。内部は淫らに蠕動《ぜんどう》し、くねったり、回転したり、ときには爪を立てたりして、意地悪な刺激をもたらし続ける二本の指を、貪欲に味わっている。

まだ足りないと、もっと欲しいと。

もっと太く、堅く、熱いものをと、物欲しげにうねって、絡みついていく。

「締めすぎだ。俺の指を食うつもりか？」

粘膜のあさましい反応で、もうじゅうぶん熟《う》れたことを察知した指が、ぬぷっと卑猥な響きを立てて去っていく。寂しくなった空隙《くうげき》を埋めるように、痛いほどに注がれる視線が、柔襞のひとつひとつを確かめるように愛撫する。

ときには指先で弄られるように、ときには舌先で嘗めとられるように。瞳が悪戯っぽく細められるたびに、引っ掻かれるような感じまでする。実際には鷹の両手は冬夜の両脚を押さえているのだから、それは共感覚でしかないのだが。

感情の色なら、見ただけでそれが共感覚がもたらす色だとわかるのに、なぜか触覚のほうは現実のそれと明確な差異がない。

だからよけいに困る。

(これは視線だ。指でも舌でもない……)

うかつに思ったとたん、ぴしゃっとなにかを嘗める音とともに、もっと強い愉悦を欲してひくつく窄まりに濡れた感触が広がった。

「え……!?」

その瞬間、冬夜は、めったに表さない本気の驚愕を顔に浮かべた。

「おい…、な、なにをしてるっ……!?」

茫然と見つめるさき、『白波瀬ホテルグループ』の後継者たる男は、平然と冬夜の双丘に顔を埋めて、二人が繋がるための場所に自らの唇を押し当てていたのだ。肉厚の唇のあいだから覗く、たっぷりと唾液に光る舌が、まるで生きもののようにちろちろと蠢いているのが見える。

「や、やめろ、そんなこと……!」

「けど、潤滑剤ってのも無粋《ぶすい》だし」

とんでもないところで囁くから、それすら刺激になって、冬夜は抱え上げられた尻をぶるぶると震わせる。

「……ッ……ああっ……!」

「いい声だ。そうやって可愛く泣いていろ。ちゃんとよくしてやるから」

「誰が、可愛いって……あっ……！」

突き刺さる視線は柔肌を愛撫し続け、そのあいだにも、舌先は休むことなく襞を広げながら、奥へ、奥へと進んでくる。ねっとりと濡れた感触が内部に広がったとたん、耐えきれぬ羞恥が身を灼いて、冬夜は大きく背をたわませながらきつく瞼を閉じた。

だが、いまさら目をつむっても遅すぎる。

敏感な粘膜は、ぬちゃぬちゃと響く淫靡な音に連動する直截な刺激まで拾ってしまって、ざらっとした舌の表面で掻き回されていることが、かえって鮮明にわかってしまう。

共感覚がどうのという以前に、やはり生身の男相手のセックスは、破廉恥《はれんち》で、不道徳で、淫蕩《いんとう》で、そして屈辱に満ちたものなのだ。

闇の中で聴覚が拾ってしまう音に耐えきれず、観念して瞼を開けば、そこにはあられもない自分の姿がある。

すっかり剥き出しになった胸に揺れる小さな尖りも、割り開かれたまま虚《むな》しく宙を蹴る両脚も、後孔からの刺激で勃ち上がり蜜を滴《したた》らせる性器も、すべてがあまりに無様で、見苦しくて、情けなくて、知らずに眦に悔し涙が溜まっていく。

なのに、どれほど心が鞭打《むちう》たれようとも、身体は与えられる愉悦を歓喜をもって受け止めて、もっとと懇願するように勝手な蠕動で男の舌を味わっている。

驚愕に目を瞠り、自分がされていることを認識したとたん、冬夜の性器から後孔までの脆い部分を間近に捉えるホークアイの気配が、そこをねぶる触感となって、一気に押し寄せてきた。

「あっ…!? そ、それ、やめっ……!」

唐突に訪れた射精感をこらえるために、必死にシーツを握り締めるものの、生理的な反応を抑えることなどできるわけもなく、冬夜は絶望に目を眇める。とたんに、性器の根元にぎゅっと縛《いまし》めの力が加わった。なにかと見ると、節の太い大きな手がそこを押さえている。

「まだイクのは早いぞ」

内部への愛撫をやめて、銀糸を引きながら悠然と言った男が、新たな目標を前にうっとり目を細めた。唾液に濡れ光る唇が、愛しげに冬夜の亀頭部に口づけたと思うと、ねっとりと舌を絡ませながら呑み込んでいく。

「おい、なにを……?」

さすがにそこまでするとは思わず、立て続けの驚愕に、ひどく惚《とぼ》けた声が口を突いて飛び出していく。無理やり絶頂までの瞬間を引き延ばされて、先端をくすぐられれば、焦れったさに否応なしに腰が揺れてくる。胸は荒く上下して、吐息は切れ切れに乱れ、一刻も早い解放を切望しているのに、ゲイでもない男がいったいなにが楽しいのか執拗な口淫を続けている。

自らの手で冬夜の射精を堰き止めておいて、一方で、それをねぶる。熱い舌で裏筋を嘗め上げたさきで、溢れる先走りの蜜を甘露のごとく飲み込んでいる。

「そんなこと、なにが楽しい……?」

視線という最大の武器を持っているくせに、わざわざ舌遣いのテクを披露してくる理由はなにかと、呑気に考えている余裕などない。

先端も、裏も、根元のふたつの袋にまでも、たっぷりと唾液を絡められ、淫らな音つきの技巧で幹を丹念にしごき上げられ、否応なしに迫り上がってくる放出感に、下肢がぶるぶると震えてくる。

「ダメだ…、出るっ……」

両膝で自分を攻め苛《さいな》む男の頭を挟み、必死にこらえようとするものの、カリッと歯を立てられて、冬夜は大きく背をしならせた。

「……ッ……うあっ……!?」

張り詰めていた緊張の糸がプツンと切れて、両手で鷹の髪を掻きむしりながら、ついに耐えきれぬ精を放っていた。

「あっ、ああっ――…!」

ビクビクと全身を震わせながら吐き出した甘ったるい驚声は、長い尾を引いて、性奴をいたぶる王者には似合いすぎる、豪奢な部屋へと散っていく。

間断のない小刻みな痙攣《けいれん》が、いまだ囚われの身にある性器を襲う。確かに放ったはずの精液がどうなってしまったのか、考えるのもいやで、冬夜はやりきれなさに首を振る。

なのに、根元まで咥え込んだままの男は、わざとらしく喉を鳴らして、嚥下する音を聞かせてくるのだ。あげく、茎に流れ落ちたぶんまで平然と嘗めとってしまうと、唾液の糸を引きながら頭を上げ、ペロリと自らの唇を嘗める。

こんなときにかぎって、この男は、雄《おす》の色香を見せつけるように、目にも鮮やかなブルーを解き放つ。

(くそ…、なんて色だ……！)

わざわざ口淫などしなくても、たぶん視線だけで、鷹は冬夜をイカせることができたはずなのに。だが、あえてそれをしなかった。

自らのテクニックを駆使して落とすことが楽しいのだと言わんばかりに。

豪胆な男。不敵な男。だからこそ美しく、だからこそ一矢報いてやりたくなる。

「いい眺めだ。見てるだけで俺までイキそうになったぞ。淫乱な雌《めす》は好みだ」

女あつかいの揶揄に、胸の奥がカッと怒りに灼けた。

「悪かったな。こっちは視姦こみで犯られてるんだ」

「だったら四つん這いになれ」

「なに…？」

「バックからなら視姦は無理だろう」

「それは、そうだけど……」

視姦されるのと、四つん這いになるのと、どっちがマシかという二者択一は、どちらにしても、冬夜にとってはあまり得ではないような気がする。

それでも、この凶器のようなホークアイを避けさえすれば、そして、欲望に染まった鮮やかなブルーの感情を目にしなければ、もしかしたら惑わされることもないかもしれないとの、短絡的な考えが浮かぶ。

それは、本当に浅知恵でしかないのだが。

視姦を伴わない挿入に少しでも嫌悪がさせば、思春期を迎えたころからこっち、ぐずぐずと胸のうちに燻《くすぶ》っていた悩みから解放されるのだ。

少々みっともなかろうがバックから試すしかないと、冬夜は消しきれない矜持を唇を噛むことで封じ込める。ほんの一時、恥を忍んで耐えればいいのだと、自ら身体を返して、四つん這いの体勢をとる。

「もっと尻を上げろ」

背後から聞こえる命令口調に、従う義務などないと思いつつも、さっさとすませるためだけに腰を差し上げる。大きな手のひらが、いきなり尻の肉をわしづかんで、揉み立てはじめる。

「……ッ……!?」

愛撫というより、弄《もてあそ》んでいるような動きが癪に障る。

(楽しんでやがる、こいつ)

だが、そう思えるほどに頭は冷えてきたらしい。やはり問題は視線を合わせることだったのかもしれないと、チラと肩越しに背後をうかがったとたん、目の端に映った青に意識が囚われそうになる。

（バ、バカ！　見るなっ……！）

自分を叱咤して、極上のフェザーピローに額を押しつける。顔さえ上げなければ大丈夫だと思ったそのとき、後孔にひりつくような熱を感じて、冬夜はぶるっと身をすくめた。

当たっている。

男の逞しさの象徴である猛《たけ》りが。

小さな入り口をこじ開けようと、唾液ですっかりやわらいだ襞を先端でくすぐり、円を描き、わずかに進んだと思うと、すぐさま引いて、また入り口で遊ぶ。

時間をかけて慣らすつもりか？　と思ったとたん、それは一気に内部を圧する異物感となって押し寄せてきた。

「ぐっ……！」

肉の隘路《あいろ》をいっぱいに広げ、中へ、中へと強引に進んでくるものの、苛烈《かれつ》なまでの圧迫感に息が詰まる。痛みとか、そんな生やさしいものではない。

異物の進入を拒否する粘膜に、無理やり捻《ね》じ込まれるものは、柔襞を、内壁を、最奥を、突き上げ犯すだけの、凶器だ。

じり、と額に、脂汗《あぶらあせ》が浮いてくる。

「く、ああっ……！」

なぜ、これを快感だと思ったのか不思議になるほどに、そこには苦痛しか存在しない。

大きな手で支えられた尻だけを高々と差し上げた無様な姿で、容赦《ようしゃ》なくガツガツと穿たれる。

その勢いで枕に押しつけていた顔が浮き上がるが、目に入るのは重厚なベッドヘッドの装飾と、まっ白なリネンだけだ。

それすらはっきりと捉えられないほど揺さぶられて、涙に潤んだ視界が大きくぶれる。

「う、あぁぁ……！」

どうして最初のときに、この強烈な衝撃を回避できたのかと、頭の隅で思ったとたん、異物感ばかりだった場所に、チリッと奇妙な痺れが走った。

いっぱいに開いた笠《かさ》の部分が前立腺を擦ったのだと、とっさに理解したとたん、一気に全身が弛緩《しかん》して、がくりと頬が枕に落ちる。

「あ……？」

たった一度と決めていたあの夜の官能を、身体が鮮明に思い出してしまったのだ。

共感覚で刻みつけられた記憶は、決して色あせない。それも、いままでの経験の中でもっとも鮮烈な思い出を、どうして忘れることができるだろう。

「あっ、ああっ……!?」

抜き差しに合わせて前後に揺らされるたびに、ポッと灯った小さな埋《うず》み火だったものが煽《あお》られて、ある一点を越えたとたん、一気に苛烈な業火となって燃え盛っていく。

「な、なんだよ、これっ……？」

こんなはずはないと、これは違うと、冬夜は壊れたように首を振る。

「なにが違う？」

覆い被さってくる男の低音で、耳朶をねぶられ、さらに舌を差し込まれて、そんなところまで感じるのかと思い知らされる。

「わかってるのか、視姦はなしだぞ」

念を押す男が、この状況を楽しんでいるのがわかる。ほらみろ、と自慢げな顔さえ見える気がする。からかいを含んだ余裕に、苛立《いらだ》ちさえ覚えるのに、すでに冬夜の意思を離れた身体は、打ち込まれる愉悦を貪欲に味わい続けている。

「うそ、うそだ……！　こんな……」

肉の摩擦がもたらす熱と触覚、それがどうしてこんな快感を生み出すのか。

「ふ…、可愛い尻を物欲しげに振って」

まるでお仕置きだと言わんばかりに、パシッと尻たぶを叩かれて、痛みよりも行為自体に驚愕し、冬夜は悲鳴じみた声を放つ。

「ヒッ……!?」

子供のおいたを叱《しか》るようなまねをされるなんてと、全身が屈辱に煮えたぎる。

「きさまっ……！」

普段は吐いたことのない罵声《ばせい》とともにギッと鋭く背後を睨《にら》めば、そこに、ここぞとばかりに燃え立つ情欲の色がある。

青だ……。理性も、羞恥も、矜持も、すべてを呑み込む、陽を弾いて輝く海の青だ。

「ああ……、怒った顔もいい」

その顔に浮かんだ欲望を隠そうともせず、臆面もなく抜かした男が、ニッと笑む。

（こいつは……）

人は誰しも、秘密のひとつくらいは持っている。そして隠し事は、必ずどこか感情に揺らぎを与えるものなのに。だが、いま冬夜を貫いている男は、他の誰とも違う。感情と表情とが、これほど同調している男を初めて見た。裏表がまったくないとわかってしまうから、厭うのは難しい。

これほどの屈辱を相殺《そうさい》してもかまわないと思えるほど美しいものを、冬夜の目は確かに捉えているのだと思えば、自然と瞳はうっとりと潤んでいく。

「だが、一番いいのはその顔だ。情欲に溺れた顔……。俺を魅きつけてやまない、溢れるほどの色香だ……！」

お世辞でもなく、睦言《むつごと》でもなく、ただ純粋な想いを告げられて、カッと頬が上気する。

それに気づいた男の舌が、背後から冬夜の唇を求めてくる。

「これ以上、俺を煽って、どうする?」

差し出された舌先を、自ら迎えて受け止める。その甘さに、その激しさに、胸が逸《はや》る。

「んっ、んんっ……」

傍若無人な男のふてぶてしい情熱に、自分でさえも知らなかった場所を探られ、そこにある脆さを暴かれ、理性も矜持も、もろともに粉砕していく。

「防音は完璧だ。遠慮なく叫べ、喘げ、いい声を聞かせろ、もっと……!」

「……ッ……ああっ……!」

蠱惑に満ちた声音が、中を穿つ熱塊よりも鋭く、甘く、心を引き裂いていく。

猛禽の残酷さが、王者の尊大さが、冬夜を食らう。食らいつくす。

二十四年かけて鎧《よろ》ってきたものが、ひとつひとつ剝がされて、快感だけを貪る生きものへと変えられていく。

「もっと、俺によこせ……!」

視線も、唇も、肌も、内部も、すべてを奪って自分のものにして、好き放題に蹂躙《じゅうりん》しているくせに、それだけでは満足せず、もっともっと要求する、その傲慢さに目が眩む。

鮮烈なブルーに、心が震える。身悶える。

何度もえぐるように奥を掻き回され、乱暴に前後に振り回され、ただ枕に取りすがって耐えるしかできない冬夜の中を、官能の嵐が荒れ狂う。

「あっ、あっ……、出る…っ……」

獣の体位で貫かれ、もはや羞恥も矜持も投げ捨てて、ひたすら極みを目指して駆け上っていく。

「ああ……、俺もだ…っ……」

鷹の声にも、もう余裕がない。逞しい胸で乱れる鼓動が、背に伝わってくる。内部を穿つものもどくどくと激しく脈動して、性急に強まっていく放出感を伝えてくる。

「俺を、感じろっ……！」

命じる声の強さに、わずかに残っていた理性が砕かれ、下腹部を襲う衝撃とともに、幹の中心を迫り上がってくる灼熱をこらえることもできず、冬夜は全身をぶるっと震わせて、白濁した精をほとばしらせていた。

すさまじく長い放埓《ほうらつ》の途中、背後で小さく唸った男の熱い精が、叩きつける勢いで最奥を濡らし、さらに高処に放り上げられる。

どこまで昇り続けるのか自分でもわからぬまま、肩越しに男の舌を夢中で吸えば、視界いっぱいに広がる、青。

今夜……この裏切りの罪の夜。

与えられた官能は、最奥に放たれた精の熱さだけでなく、降り落ちてくる汗の滴や、握り締めたシーツの感触までも、なにひとつとして消えることなく記憶の印画紙に焼きついて、おりに触れては蘇り、このさきもずっと冬夜を淫らな時間に引き戻すだろう。

罪に身を灼き、後悔に浸り、でも、快感に乱れながら、後ろめたさを引きずって、本当に愛菜との日々を送れるのか？

チラと浮かんだ疑問も、叩きつけられる快感に紛れて、あっという間に霧散していく。

互いに絶頂を極めたはずなのに。放たれた体液は上質なリネンに散って、淫らな染みを作っているのに、それでもまだ足りない。

火照りがおさまらない。

うねりが止まらない。

欲求が消えない。

いったん萎《な》えかけた二人の性器も、すぐに勢いをとり戻し、さらに大きく脈打って、果てのない快感に再び呑まれていく。

「あ、ああっ……！　もっとぉ……」

喘ぎすぎて嗄《か》れた嬌声を、怜悧《れいり》な仮面で偽った心もともに解き放ち、あとはただ、淫靡で、奔《ほん》放《ぽう》で、卑猥で、ただれるばかりの陶酔の中に落ちていく。

逞しい腕とともに、背後から自分を抱き込む男が発する青の中に。

青い、青い、空と海の狭間へと……。

5

「冬夜《とうや》さん、つきましたよ」

愛菜《あいな》の呼び声に、冬夜は微《かす》かな揺れを伴う浅い微睡から引き戻された。

「ああ、すみません。うとうとしてたようだ。乗り心地がよすぎます」

愛菜に誘われて、クラシックのピアノリサイタルに向かっているところだった。豪華なリムジンのリアシートは座り心地も最高で、いつの間にか居眠りをしていたらしい。

「お疲れなのかしら？　お誘いして、かえってご迷惑だった？」

「いいえ、そんな。仕事に没頭すると、ついつい寝るのを忘れるんです」

自分の口から放たれる言い訳が、耳に空々しく響く。確かに昼夜のない仕事だが、寝不足なのはそのせいだけじゃない。

鷹《たか》に抱かれた夜からこっち、眠れない日々が続いているのだ。

運転手が愛菜のためにドアを開けているあいだに、冬夜はさっさと車を降りる。たったそれだけのことに使用人の手をわずらわせる贅沢《ぜいたく》は、どうにも自分の身にそぐわない。

（間違えたかもしれない……）

そんな思いが、日に日に強くなっていく。

愛菜は可愛いと思うが、緑川家《みどりかわ》の財力が魅力的なのも確かだ。祖父母の望む結婚をすることで、母親の体面も保ってやりたい。気持ちより打算のほうがさきに立つ、そんな結婚が本当に幸福なのだろうか？

——結婚はやめろ。

耳の奥に残る鷹の言葉は、まるで呪いのように、じわじわと冬夜の不安を煽《あお》っていく。

いまならまだ、引き返せると。

——きみは女を満足させられない。

まるで冬夜を満足させられるのは、自分だけだと言わんばかりの、傲慢《ごうまん》な言葉。

それさえも、蠱惑《こわく》的に冬夜の心を乱す。

「ねえ、白波瀬《しらはせ》さんを覚えてらっしゃる？」

「えっ……!?」

甘えるように腕に絡まってきた愛菜の口から、唐突に出た名前に、冬夜はらしくもなくビクと肩を弾《はじ》かせた。

「今日のリサイタルの主役は、あの方のお母様なのよ。世界で活躍されている女流ピアニストだったのを、白波瀬さんにお会いしたあとで思い出したの。ちょうど帰国なさってたから、お話のついでにと思って」

「白波瀬さんの、お母さんですか？　じゃ、ギリシャ人の？」

「あら。それは実のお母様のほうでしょう。いまのお母様は二度目とうかがっているわ」

「あ？」

そういえば、五つのときに両親が離婚したとか、弟が腹違いだとか、言っていた。

「もしかしたらオーナーも聴きにいらしてるかもしれないわ。お会いすることがあったら、もう一度、シークレットフロアのことをお願いしてみましょう」

「え？　あ、そうですね……」

だが、生さぬ仲《なさぬなか》の母親の話は、まったく鷹の口から出ていない。お義理に聴きにくることもあるかもしれないが、偶然に会う確率は低いだろう。

とはいえ、色聴を持つ弟の実母となれば、否応なしに興味は湧く《わ》。冬夜が明らかに母親から受け継いでいるように、共感覚は遺伝が多いとの報告もあるのだから。

コンサート会場間近の人波の中で、愛菜が、なにかに気づいたように指をさした。

「ほら、お美しい方でしょう。以前にも聴きにいったことがあるけど。とても二十代の息子さんがいらっしゃるとは思えないわよね」

会場の入り口付近、ガラスの壁面に大判のポスターが貼られていた。

スポットライトの中、グランドピアノに向かう端麗な女性の顔が、モノトーンで写し出されている。ふと、奇妙な既視感を覚えた。

どこかで見たことがある。会ったはずはないのに、見知った顔だ。

「あの方がオーナーのお義母様で、世界的なピアニストの白波瀬摩耶《まや》さんよ」

愛菜の声が告げたのと同時に、ポスターに記された名前を冬夜は目にしていた。

「……摩耶……？」

聞き覚えのある名前だ。

忘れることのできない名前だ。

初めて味わったすさまじい官能の夜、甘やかな低音で何度も囁《ささや》かれた名前だ。

――かなわぬ恋の相手というところかな。

あのとき鷹はそう言った。

そして、ポスターの中の女性に見覚えがある理由も、わかってしまった。

「こんなことを言ったら怒るかしら？　摩耶さんって、どことなく冬夜さんに似てらっしゃると思わない？」

無邪気な愛菜の声が、冬夜が感じていたことを明確な言葉にする。

いくつもの記憶が、完璧な映像込みで蘇《よみがえ》ってくる。自分のどこがそんなにお気に召したのかという問いに、鷹は即答で言った。

『顔だ』と一言。

目の前に、冬夜によく似た顔の、摩耶という名前の女性の写真がある。

鷹の身近にいる女性――ある意味、他のどんな女性よりも近くに。

幼くして両親が離婚し、さらに、間を置かずに新しい母親を迎えた少年は、その美しい人の姿を見てどう感じたのだろう。

ピアノを前に、凜《りん》と頭を上げ、自らが奏でる音にうっとりと酔う〝音楽の女神《ミューズ》〟。

（そうか、この人が、鷹の……！）

閃《ひらめ》くように冬夜は理解した。鷹の秘められた恋を。決して許されぬ禁忌《きんき》の想いを。

（かなわぬ恋…。あれは、自分の義理の母親のことだったんだ……！）

不倫より、同性愛より、さらに罪は重い。

父親の妻、自分の義理の母親に、鷹は欲望を伴った恋心を抱いている。

決してかなうはずがないから、たとえ男であろうとも、同じ顔をした冬夜を抱きたいと願うほどに。罠《わな》をしかけ、卑劣な手を使い、それでも執拗《しつよう》に求めるほどに。

（本当に……身代わりだったんだ……）

ギリッ、と胸の中でなにかが軋《きし》んだ。

ひどく歪《ゆが》んだ痛みを感じて、冬夜は知らずに胸のあたりを押さえていた。

なぜこんなに胸が痛い？

なぜこんなに目裏が熱い？

最初から承知していたはずの『身代わり』ということの意味が、ようやく現実のものとなって押し寄せてくる。

あの狂おしいほどの希求の想いは、情動は、欲望は、冬夜の顔に面影を重ねた、愛する女性にこそ向けられたものだったのだ。

ただのひとつも——そう、口づけのひとつさえも、冬夜のものではなかったのだ。

(だから、なんだっていう……！)

鷹が誰を好きだろうが、たとえそれが禁忌の恋だろうが、冬夜の知ったことではない。

どうせ身体だけの関係なのだ。男同士でそれ以上のことがあるはずもなく。なにより冬夜はじきに結婚する身なのだ。いま、冬夜の腕をとっている、少女のような女性と。

なのに、どれほど言い聞かせても、胸のうちの淀《よど》みが消えない。

ざらざらと、じくじくと、なにかが膿《う》んでいくような気がする。

心臓は、どくどくと不規則に鼓動を速めていく。息が詰まる。喉《のど》が渇く。

「ほら、冬夜さん、うわさをすればよ。あそこにいらっしゃるの、オーナーよ」

右手にまとわりつく愛菜が、無邪気な声で、残酷な偶然を報告してくる。

首をそちらに向けるのに、渾身《こんしん》の力が必要だった。ギシリと、骨が軋む音さえ聞こえたような気がした。

視線のさき、周囲から頭ひとつ抜きん出た男は、常に変わらぬ上品なスリーピース姿で佇《たたず》んでいた。

「冬夜……？」

図々しくて、大胆で、厚顔無恥な権力者。

どんな罵詈雑言《ばりぞうごん》をぶつけても、平然と受け止めていた男が、両目をいっぱいに見開いて、冬夜以上にこの偶然に驚いている。

しまった、と鷹のうちなる声が聞こえたような気がした。表情だけでなく、唖然《あぜん》と放たれた声だけでなく、冬夜だけが見ることのできる、決して誤魔化《ごまか》すことのできない青が伝えてくる。

その全身から立ち上る色——出会ったときからこっち、冬夜の視線を捉《とら》え続けてきた美しい色は、いま初めて不快感を覚えるほどに濁り、後ろめたさに揺れていた。

（そうか、本当に身代わりだったんだ）

わかっていたはずのことなのに、でも、ようやく実感したそのことにショックを受けている自分に、さらに驚いて冬夜は、忙《せわ》しく波打つ鼓動に静まれと言い聞かせる。

たとえ、鷹の想い人が、生さぬ仲の母親であろうと、赤の他人なのに顔だけ似ている冬夜が身代わりにされただけであろうとも、一瞬でも狼狽《ろうばい》した顔などさらしたくない。

（だから、どうだという。俺には関係ない）

それこそが、冬夜の意地だ。

人の感情を色として捉える、普通なら大人になるまでに消えてしまう感覚を持ち続けたせいで、すっかり人間嫌いになってしまった冬夜が、でも、二十四歳になってようやく、その力が見せるもののすばらしさに気づけたのは、白波瀬鷹のおかげだった。

『白波瀬ホテルグループ』会長の長男であり、アーバンリゾートを謳《うた》い文句に、セレブ御用達《ごようたし》と名高いラグジュアリーホテル『グランドオーシャンシップ東京』のオーナー、大胆不敵を絵に描いたような男が、いま、あからさまな動揺を見せている。

いや、偶然の出会いへの驚きは瞬時に消し去ったから、表情には普段の豪胆さが戻っているが、それでも、冬夜の目には鷹の全身を包み込む感情の色が――いつも鮮やかなセルリアンブルーに染まっていたそれが、ひどく濁って不安に揺れているさまが、はっきりと見てとれるのだ。

「これは、奇遇ですね。香月《かづき》様、緑川様」

そのくせ、いきなりホテルオーナーの顔を貼りつけた、他人行儀な態度も癇《かん》に障《さわ》る。

品のいいスリーピースに、ネクタイのノットを大きく締めているが、一九〇センチはある長身と、日本人離れした彫りの深い面立ちには、高級ブランド品に見劣りしないだけの風格が溢《あふ》れている。

だが、冬夜だとて、両親のいいとこ取りの怜悧《れいり》な容姿には、それなりの自負を持っている。その上、由緒ある緑川家のご令嬢で婚約者でもある愛菜を伴っているのだから、引け目を感じる必要などさらさらない。

「いま、冬夜さんと話してたんですよ。もしかしてオーナーもお見えじゃないのかと」

「クラシックなど柄じゃないんですが、聴きにこないと義母に睨《にら》まれるもので」

「まあ。あんな美しいお義母様なら、睨まれても、ドキドキしてしまいそう。そういえば、冬夜さんって、どことなく摩耶さんに似てると思いません？」

愛菜が罪もなく、冬夜にとっても鷹にとっても動揺の種でしかないことを問いかける。

「愛菜、それはちょっと女性に対して失礼だよ。男に似てるなんて」

「あら、そうね。私ったら……」

慌《あわ》てて口元に手を当てる愛菜の無邪気さが、いまは少々恨めしい。

知らずに落としてくれた爆弾といい、冬夜の腕に甘えるようにしなだれかかる態度といい、どれほど鷹を不快にさせているかが、さきほどより激しく揺らぐ色に表れている。

まるで、嫉妬しているかのような怒気すら感じるほどに。

「どうぞ、お気になさらず」

その口調が、めいっぱい気にしている。

なにを、と冬夜は思う。

なにをいまさら、いっぱしに焼き餅《もち》などと。

そんな資格など、鷹にはないのに。冬夜と鷹のあいだに、身体以外の関係などありはしないのに。どちらも、相手に腹を立てるような立場ではないのに。

「そういえば、知りあいにクラシックファンがいるんですが……」

鷹の態度があまりに不快で、冬夜はいきなり作り話をはじめる。

「俺のことをマヤと呼ぶんです。なんのことかと思ってたけど、ようやくわかりました。あなたのお義母さん……白波瀬摩耶さんのことだったんだと。どうやらそいつは、摩耶さんにかなわぬ恋をしているらしい」

初めて鷹に抱かれたときのことを、その理由に気づいたことを匂わせた瞬間、いつもは無遠慮に相手を射貫くホークアイが、気まずさに泳いだのを、冬夜は見逃さなかった。

それを見据えて、もうだまされないぞ、ときつい瞳で訴える。

いくら冬夜を欲しがろうとも、その裏にかなわぬ義母への想いがあるなら、お門違《かどちが》いもはなはだしい。男なら、偽物の尻《しり》など追わずに、本物を追いかけろと。

「まあ、ロマンチックね」

二人の男達が、目には見えない火花を飛ばしていることなど、露ほども気づかぬ愛菜の手をとって、冬夜は微笑《ほほえ》む。

「それでは。白波瀬さんは招待客ですよね。俺達は一般のほうなので、失礼」

流し目で一瞥《いちべつ》し、愛菜とともに開場されたゲートへと向かう。その場に佇んだままの鷹の視線が、痛いほどに追ってくるのを感じても、もう冬夜は振り返らない。

自分を見ていない相手など、ごめんだと。

白波瀬摩耶は美しい人だった。

プログラムのプロフィールから計算すれば四十八歳、とてもそんな年齢とは思えないほど若々しく、艶《つや》やかで、そしてたぶんプライドの高い女性だと感じた。

ライトに照らされた舞台の上、難曲といわれるラフマニノフのピアノソナタ第2番や、リストの『ラ・カンパネッラ』などを、女の小さな手で弾きこなしたテクニックは、スタンディングオベーションにふさわしいものだった。

「でも、あの人は共感覚者じゃないな」

最初から最後まで心地よくはなかったリサイタルのあと、なんだか笑顔を保つのがつらいと感じつつも愛菜との夕食を終え、ようやく帰りついた自室で、堅苦しい背広を脱ぎながら冬夜は独りごちた。

息子の響《きょう》が色聴の持ち主だと聞いたから、期待はしたのだが、どうやら違ったようだ。

お嬢様育ちの母親がクラシックファンだったこともあって、冬夜もいつも何気に流れている音楽を聞いて育ったから、ピアノの音も耳慣れていた。白波瀬摩耶は、確かに技巧派ではあったが、驚くほど異彩を放っていたわけではなかった。

それとも、たとえ色聴を持っていても、表現力が伴わなければ意味がないのか、なんにせよ、摩耶の指が奏でる音には、冬夜の心を揺るがすものはなかったのだ。

そのことに、残念というより安堵《あんど》している自分に、冬夜は少々でなく困惑していた。

摩耶が想像以上のピアニストならば、鷹が魅かれるだけの価値を認めざるを得ないが、リサイタルを聴いたかぎり、自己顕示欲の強い美しいだけの女性でしかない。そんなことを考える自分が、まるで嫉妬でもしているようで、よけいに気持ちが落ち込んでいく。

無関心、無感動、無愛想、みっつそろえば敵なし——それが冬夜の三大特技だったのに、いつの間にこんなに心を乱されていたのか。

「らしくもない……」

呟《つぶや》きつつベッドに腰を下ろせば、疲れた身体が鉛《なまり》のようにスプリングに沈み込む。

共感覚などという余分な力を持っていたがゆえに、もともと感情の起伏の少ないタイプだったのに、よけいに驚きを表すのをためらうようになってしまった。

自分の見ているものが、他人の目にも見えているかどうかがわからない。うっかりしたことを言えば、妙なヤツだと思われる。

だから、自然に喜怒哀楽を表情に出さないようになってしまった。

でも、本当は、美しいものには感嘆を、嬉《うれ》しいときには歓喜を、驚いたときには驚愕《きょうがく》を、素直に表すことができればどれほどいいだろうと思っていた。

こまっしゃくれた子供時代をすごしたせいで、すっかりクールな仮面を貼りつけるのが習い性になってしまったが。

だが、いまはもう、心から喜ぶためには共感覚が不可欠だとわかってしまった。

豊かな感情の色を目にし、視線を触覚として捉える――それがあるからこそ、本物の美しさを見抜くこともできるのだ。

なのに、コンプレックスでもあった力のすばらしさを教えてくれた男こそが、こうして冬夜を悩みの淵《ふち》に突き落としているのだから、皮肉なものだ。

鬱々《うつうつ》としているとき、ベッドに放り出してあった携帯が、着信音を響かせた。

確認しなくても相手が誰かわかって、なかなか鳴り止まないそれを手にとり、耳に当てれば、もうすっかり耳に馴染んだ低音が、いつもよりわずかに緊張を含んで響いてくる。

『リサイタルのあとで会えるかと思って、探したんだが』

「いけないですか？　愛菜のお気に入りのビストロに予約を入れてあったので。そちらもどのみち楽屋に挨拶《あいさつ》にいったんでしょう？」

『きついな、今夜は特に』

「べつに。現実が見えただけのことです」

口調だけは長年つちかった技で、冷ややかなほど平然としているものの、鼓動はいやなふうに乱れはじめてくる。

（なんだ、この不快感は…？）

鷹が誰を愛していようが、そんなことはどうでもいいはずだ。どうせ、身体だけの関係と割りきっていたのだから。

『言い訳をさせてくれ』

「いりません。あの夜、俺をマヤと呼んだ理由はもうわかったし。あなたのかなわぬ恋の相手は、自分の義理の母親だということでしょう？」

『………』

即決即答の男の、一瞬のためらい。それだけで、すでに肯定したようなものだ。

『確かに、最初は、摩耶さんに似ているきみの顔が目に留まった。それは認めよう』

声はひどく遠い。

携帯越しという物理的な理由ではなく、気持ちが遠い。

切ない……わけもなく、ただ切ない。

『でも、いまは違う。きみの顔は好きだが、それ以上にきみ自身が好きになった』

なにを聞かされても、言葉は耳を滑《すべ》っていくだけだ。言い逃れなどする必要もないのに。

冬夜は身代わりとわかって抱かれたのだし。冬夜自身も相手が誰であろうがかまわなかった。

ただ、初めて見た鮮やかな色に魅かれて、性欲まで煽られて、我慢が利かなくなったというそれだけのこと。

一夜の情事、それ以外のなにものでもない。

なのに、胸の底から、ヘドロのような不快感がじわじわと湧き上がってくる。

まるで、そこからどす黒く変色していくような気がするほどに。

「でも、これで俺は、あなたの秘密を握ったわけだ。愛菜のために、そして緑川家と香月の家のために、シークレットフロアのスイートルームで披露宴を開きたいというこちらの申し出、受けてもらえるんでしょうね？」

なのに、自虐《じぎゃく》的とも思えるほど、さらに腹黒い要求を口にしている。

『それが、秘密を守る条件か？』

「さきに条件を出したのは、あなただ。俺は一晩の約束を果たしたのに、未《いま》だに弟さんにも会わせてもらってないが」

電話越しでは見えない心を探るようなまねをする、こんな自分は好きじゃない。

『わかった。約束は守る。響に会わせよう』


それから三日後、冬夜は『グランドオーシャンシップ東京』の、ＶＩＰ専用エレベーターに乗っていた。

背後に立つ鷹が、なんとか話すきっかけをつかもうとしているが、徹底的な無視を決め込む。弟に会わせる、それを冬夜を引っ張り出す口実に使われるのはまっぴらだから。

「これと、シークレットフロアを披露宴のパーティー会場として提供する件は別だぞ」

それでも、図太さの権化のような男の重低音は、否応なしに耳に入ってくる。

「ドタキャンの確率がはなはだしく高い結婚のために、VIP御用達の部屋を押さえておくわけにはいかないからな」

「なに？」

勝手な理屈だ。失礼な物言いだ。

「どうしてもシークレットフロアを使いたいというなら、俺を納得させてみろ。緑川嬢を愛しているいると。誰よりも、深く、激しく」

言いきった鷹から溢れる感情に、リサイタル前に出会ったときの動揺はすでにない。すっかり普段の厚顔無恥さを取り戻して居直る男に、冬夜も不動心の冷淡さを返す。

「激しさが愛の証と言う、それこそが思い上がりというものだ」

その上、鷹の激しさは冬夜に向けられたものでもないのだ。偽りの気持ちに溺《おぼ》れるより、愛菜との穏やかな暮らしを選んでなにが悪いと、冬夜も開き直る。

「俺は愛菜と結婚する。幸せになるために」

それだけ言い捨てて、鷹を意識から切り捨てる。目的は八神《やがみ》響なのだから。

ベストセラー作家というだけでなく、絶対音感と色聴の持ち主で、遮音も完璧なシークレットフロアで、外部からの音をシャットアウトして暮らしているという男。

セキュリティドアで遮られた廊下の中ほど、鷹の部屋のさらに奥、ヴィクトリア調のドアが無言の優雅さで、そこに住まう者を想像させる。

老練なバトラーに迎え入れられたリビング、撫《な》で上げた漆黒の髪から、わずかに乱れ落ちた前髪さえも妙に絵になる退廃美をまとって、八神響はそこにいた。

ラフなシャツに高級なナイトガウンを自然に羽織《はお》り、カウチソファの美しい流線を描く背もたれにゆったりと寄りかかった姿は、まさに英国貴族のごときだ。

なるほど、切れ長の目元や形よい唇など、冬夜に似ていないこともないが、どちらかというと、ホテルのパンフレットでご尊顔だけは拝したことのある、父親のほうに似ている気がする。

芯に男っぽい凛々《りり》しさがあるぶん、女顔の冬夜とはそれほど印象が被《かぶ》らない。

それでいて、兄の鷹とも違う。

常に隙《すき》のない着こなしで決めている鷹よりも、パジャマにも見える室内着で堂々と他人の前に姿を出せる響のほうが、本当の意味での余裕があるのかもしれない。もしくは、まったくの無頓着か、どちらかだろう。

「なるほど。共感覚者云々《うんぬん》より、確かに母に似ている。その顔で、あの男の知り合いとなると、なにかと大変でしょう?」

数少ない同族を前にして感動するどころか、怠惰《たいだ》な口調で自分の兄を『あの男』と言ってのけるあたり、後者だなと冬夜は思う。

「いや、大変ということは……色々便宜をはかってもらってますよ。こうして、あなたにもお会いできたんだし」

「便宜をはかったぶん、悪さも働きそうだ」

ふっ、と口角をわずかに上げて、響は皮肉な笑いをうっすらと刻んだ。

ぎくり、と心臓がいやな感じに軋む。

なにをどこまで知っているのか？

もしかしたら、鷹が義母に抱いている感情を——それが情欲を伴ったものとは思わなくても、過度な憧《あこが》れくらいには感じているのかもしれない。

（なんか……勘のよさそうな男だな）

共感覚者は、普通の人間より情報量が多いぶん、記憶力もいいし物事にも聡《さと》い。

響は、さらに絶対音感の持ち主なのだから、語調のひとつからも、不安や歓喜を感じとれるはず。だとしたら、鷹のように言動と感情が一致している男の心のうちを見通すことなど、たやすいのかもしれない。

これは、うっかりしたことは言えないなと、冬夜は気を引き締める。

「ずっとここにお住まいで？」

「最初はカンヅメのときだけと思っていたんだが、仕事が切れないんで万年カンヅメ状態なんだ。余分な音が聞こえないのと、バトラーの淹《い》れる紅茶が、最高だ」

外界から閉ざされた部屋の中、ヒーリングCDだろう波音が、心地よく鼓膜を揺らす。

居心地のよさは確かだろうが、オーナーの弟とはいえ、一泊二百万からする部屋にカンヅメと称して住みついているのだから、幼いときから贅沢が染みついている上に、出す作品のすべてがベストセラーという作家だけあって、根本的に金銭感覚が違うようだ。

「それで、なにを話したいんだろう?」

その上、協調性も皆無らしく、同じ悩みを語りあう雰囲気はさらさらない。

「あ、ですから、共感覚について……」

「話してどうなる? 共感覚は主観的なものだ。音階による色聴には共通点があるといわれているが、それすら怪しい。私は色聴を持つ音楽家を数人知っているが、ラの音ひとつとっても、私は黄色に見えるが、赤とか紫とかいう者もいる。千差万別だ」

気乗り薄な口調を隠そうともしない弟に反して、目の端に映る兄の気配は浮かれきっている。

まさに晴れ渡った空の下、陽の光を浴びて輝くエーゲ海のような鮮やかさで、弟が可愛くてしようがないという想いを伝えてくる。

さらに、愛しい義母とよく似た冬夜の顔が並んでいるのだ。天国にいるかのような心持ちなのかもしれないが、その伸びきった鼻の下をどうにかしろと言ってやりたい。

(腹違いなのに、こんな兄バカだったとは)

それがまた、なぜか冬夜を苛《いら》つかせる。

「えーと、八神先生、それでは……」

こんなとりつく島のない相手になにを訊《たず》ねたものかと考えあぐねていた冬夜だったが。

「ああ、『先生』なんて柄じゃない。どうぞ、名前で。同じ共感覚者なんだし」

一転、気安げに、自ら響と呼んでくれと言った男の視線が、冬夜の背後を流し見た。

(こ、こいつ性格悪〜っ!)

自分の母親に似ている冬夜の顔を、鷹が気に入っていることに気づいたくせに、わざと親しげに振る舞う。共感覚者同士だとチラつかせて、鷹を仲間外れにする、その底意地の悪さが、冬夜には見えてしまった。

「私も物書きの端くれだ。文献を調べて自分なりの結論を出している」

その上、唯我独尊ぶりは鷹の比ではない。

人の意見など聞く耳は持たないとばかりの排他的な態度の裏に、絶対的な自信が垣間見える。

もっとも、鷹を一回り小柄にして、野性味を差し引いて、さらに優雅さを三割増にしたような容姿となれば、他の人間など十把一絡《じっぱひとから》げに猿の同類くらいにしか見えないのかもしれないが。

「では、ご高説をうかがえますか?」

低姿勢でお教えを請うたとたん、前振りもなく話題が飛んだ。

「いろは歌の原文を知ってるかな？」

だが、冬夜だとて、この程度の展開には対応できるくらいの知識も理性も持っている。

「色は匂へど 散りぬるを　我が世誰そ 常ならむ……全部言いましょうか？」

「いや、冒頭だけでいい。なぜ、色が匂うのか？　現代の『匂う』はおもに嗅覚《きゅうかく》を表すが、古語の『にほふ』は嗅覚だけでなく視覚に訴える言葉だった。『色は匂う』は、花の色が映えるという意味だ。万葉の時代、『にほふ』はむしろ色を表すときに使われた」

まるで、話題に色をつけるように、青葉の茂みを渡る微風のごとき心地よい匂いが、鼻腔《びくう》をくすぐって。なにかと見ると、バトラーがファーストフラッシュのダージリンを淹れていた。

紅茶好きにはたまらない茶葉だが、響もまたその一人のようだ。

「言葉は時代とともに意味が変わる。古代と現代で解釈に違いがあっても不思議じゃない。だが、逆に、言葉どおりに解釈したっていいとは思わないか？」

バトラーの手からカップを受けとり、悠然とした所作でその香りを嗅《か》ぐ。

「たとえば、日本には香道というのがある。香木を炷《た》いて立ち上る香りを観賞するのだが、香道では『香りを嗅ぐ』のではなく、『香りを聞く』と表現する。静寂の中で香りに問いかけ匂いの答えを心で聞く――そんなふうに解釈されているが……」

瞬間、冬夜は母親のことを思い出していた。

匂いを色として捉える共感覚者でもある母親は、香りを見ているのだと。

「そうか……！　色が匂うのも、香りを聞くのも、比喩《ひゆ》的表現ではなく、実際にそういう共感覚を持っていたと考えれば……」

「そう。きみは察しがいいね。私はそう思っているよ。古代の日本人は、色を匂いと感じ、香りを聞くような共感覚を、誰もが生まれつき持ちあわせていたのだろうとね」

「ああ……」

そうなのか、と目が覚めるように冬夜は思う。

現代人だって、五感が未分化な赤ん坊のころは持っているといわれているのだから、古代人がもともと持っていたとしても不思議ではない。

時間すらものんびりと流れるような万葉の時代には、大人になっても五感は混在して、言葉にするには難しいその感覚を、人々はゆったりと和歌に詠《よ》んでいた。

だが、一分一秒を争う情報社会の現代では、明確な表現こそが重視される。

時代が進み、忙しくなるに従って、古代人が持っていた曖昧《あいまい》な感覚もまた、失われてしまったのかもしれない。

「じゃあ、決して特別な能力じゃないと？」

「特別だと思うなら、それは単なる自惚《うぬぼ》れだ。ほら、たまに耳を動かせる人がいるだろう。耳動筋というのは誰にでもある痕跡《こんせき》器官で、動かせる者は希《まれ》だ。共感覚も先祖返りという意味では、それと同じくらいのことでしかない」

さすがに作家というべきか。他人事には興味のなさそうな態度をしているくせに、だが、それゆえに客観的な分析ができるのだろう。

まさか共感覚を、耳を動かすのと同列に語られるとは思わなかった。

「俺は、『色香』って言葉が共感覚的だなと思ったことがあるんです。人が持つ個性を色や香りとして認識する、それこそ色香って言葉にぴったりだなと」

「ああ、それは言えるね。で、私はどんな色なのかな？」

「あ、それは、青みがかった藤色で……」

言いかけて、慌てて冬夜は口を手のひらで塞《ふさ》いだ。こんなに狼狽した態度を、よもや初対面の相手にさらすとは。だが、感情の色を見る力のことは、鷹には話していないはずなのだ。

「やはりね。きみの視線が妙なほうへ向くと思ってたんだ。なにが見えるんだろう？」

だが、同じ共感覚者だけあって、響は冬夜の妙な視線の動きに気づいていたらしい。

ここで誤魔化したら、気難しそうな響のこと、へそを曲げて『お帰りください』とでも言い出しかねない。

「俺には……感情の色が見えます」

しかたないと、冬夜は重い口を開く。

「でも、誰でもというわけじゃないんです。ごくかぎられた、自信家で尊大なタイプだけですが。そして、色の見える相手の視線だけを触覚として捉えるんです」

「ああ、感情の色か。考えてみれば、それも当然だな。誰彼かまわず視覚を捉えていたら、ウザくて外も歩けなくなる」

そう言う響の視線は、ぼんやりとだが冬夜に注がれているのに、不思議なことにまるで触覚は感じない。網膜になにが投影されていようと、脳の視覚野でその存在を認識しようとしなければ、存在しないのと同じということなのだろう。響は目の前にいる冬夜すら、ろくに意識していないのだ。

「なるほど。私は青みがかった藤色なのか。高貴な色だ。しかし、それが見えるってことは、私は自信家ということになるな」

「ですね。すみません」

「いいや。不遜《ふそん》との自覚はある」

自分で言うか。とはいえ、どれほど不遜であろうと、響は自己完結してしまっている。自らを他人に認めさせようという気概がないから、送られてくる視線にはまるで威力がない。

「だが、それを言うなら、私よりずっときみの目を引きそうな男が、さっきから後ろに控えているじゃないか」

興味なさげに、響は冬夜の背後へと視線を流す。「へ?」と鷹の頓狂《とんきょう》な声が聞こえた。

「で、何色です、兄の感情は?」

ここまで見抜かれて、黙っているわけにもいかないと、冬夜は渋々答える。

「セルリアンブルーです」

「ああ、エーゲ海の色か。ぴったりだ」

響は納得顔でうなずくが、背後では鷹が、なんのことだ？　と気もそぞろに問いかけたがっている。もちろん響は、鷹の好奇心になど答えてもやらない。

さらりと無視して、再び鷹揚《おうよう》に語り出す。

「きみが見ている色は、『滴《したた》る』という言葉が合うんじゃないかな。美しさや魅力が溢れてるという意味だが」

「滴る…ですか？」

「そう。『水も滴るいい男』というが。あれは江戸時代には『蜜が滴るいい男』と表現されていたそうだ。役者が顔に塗っていた蜜が滴ってる様子……という説もあるが。でも、私は、いい男からは本当に蜜が滴っているんだと思っているよ。きみのような共感覚者にだけ見える、蜜のごとき甘い色が」

「…………！」

蜜のごとき甘さの滴る男——それは冬夜にとって、まさに鷹のことではないか。

異母兄弟でありながら、感情の色を捉えながら、響の視線には蚊《か》が刺したほどの威力もないのだから。鷹だけが、単なる触覚以上の官能をもたらす。冬夜の鉄壁の理性を打ち砕き、快感の極みに追い上げていく。

「だが、異性の色を見るという話は聞くが、きみは同性の色も見えるんだね」

くっ、と小さく笑った響が、まるで冬夜の気持ちを見抜いたように、問いかけてくる。

「で、セルリアンブルーと藤色では、どちらがきみにとってより甘い色なのだろう?」

自分の兄が冬夜に抱いている邪《よこしま》な想いまでをも気づいた上で、まるで修羅場でも期待しているかのように。

(本当に……なんて底意地が悪い)

響を見た瞬間から冬夜の目に映った高雅《こうが》な藤色は、狷介《けんかい》孤高な者がまとう色だった。

冬夜と鷹がどうなろうが知ったことではないくせに、人が自分の言葉に踊らされて右往左往するさまを眺めるのは好きらしい。

まるで神のごとくに超然と、高処《たかみ》から。

「八神様」

ふと、穏やかな声が割って入った。

響が見上げたさきにいるのは、燕尾服《えんびふく》姿も優雅なバトラーだった。

「フロントから、『コスモ書房』の相葉《あいば》様がお見えとの連絡が入りました」

「ああ、またうんざりの編集くんか」

うんざりなどと言うわりに、響の顔に浮かんでいた倦怠《けんたい》感は、好奇の笑みに取って代わっている。仕事が楽しいのか、その編集とやらがお気に入りなのか。

どちらにしても、この気難し屋の担当となれば、胃を壊すぐらいの覚悟は必要だろうなと、冬夜は心からの同情を覚えつつ、腰を上げる。

「すみません。すっかりお時間をいただいてしまって」

見送りに立つ気はさらさらないらしい響が、背もたれに寄りかかりながら、手を振る。

「いや。なかなか楽しい時間でしたよ。兄の弱みをまたひとつ握れたし」

よけいな一言で、冬夜と鷹をギクリとさせることは忘れない。これ以上、心臓が縮み上がるようなことを暴露される前に、さっさと退散しようとリビングを出ようとしたとたん、背後から呼び止める声。

「ああ、有名な歌を忘れていた。『にほふ』を語るなら、これを忘れてはいけない」

肩越しに振り返ると、そこに泰然《たいぜん》とした瞳と悪戯《いたずら》な唇があった。万葉人をまねて、玲瓏《れいろう》たる声を、その名のごとく響かせる。

「紫草《むらさき》の　にほへる妹《いも》を　憎くあらば　人妻ゆゑに　吾《あれ》恋ひめやも」

「いったいなにを言った、響さんに？」

直通エレベーターに乗ったとたん、冬夜は鷹のスーツの胸ぐらをつかみ上げた。

「おや、なんのことだ？」

「しらばっくれるな！　最後の歌は、大海人皇子《おおあまのみこ》が額田王《ぬかたのおおきみ》のために詠んだ歌じゃないか。美しいあなた、あなたが憎ければどうして人妻なのに恋などしようか……不倫の歌だ！」

「ｏｈ！　私、ギリシャ人でーす。万葉の歌、キレイ。でも、意味わっかりませーん」

「突然エセギリシャ人になるなっ！」

いくら響の勘が鋭かろうと、冬夜が結婚を控えている身だとまで、わかるはずがない。となれば、不倫の歌を送ってきた理由はひとつだけ。

この男は、このバカは、弟に話したのだ。婚約者のいる男に懸想していると。

「どこまで話した？　まさか、初めてのときや、このあいだの夜のことまで……？」

「そんなこと話すわけがないだろう。あれはきみと俺との秘密なんだから。だが、響のことだ、なにか察してるんだろうな」

男らしさの権化のようなきりりと太い眉を寄せながらも、さして困ったようなふうでもない鷹を見れば、憤《いきどお》りは増すばかり。

「あなたが感情を垂れ流すからだ。外面はともかく、素に戻るとだだ漏《も》れだぞ！」

「感情か。見えるのか、本当に俺の色が？」

「――――……！」

ぐっ、と冬夜は息を呑《の》む。

心まで射貫くホークアイ、これに見られて偽りを続けるのは難しい。

だが、ちょうどいいタイミングでエレベーターがフロントフロアについて、扉が開いた。一足さきに出て、背中で鷹に向かって吐き捨てる。

「見えますよ。だから、わかるんだ、俺には。あなたが動揺したのは、一度だけだと」

「摩耶さんの……リサイタルのときか？」

それには答えず、冬夜は足早に歩き出す。

よもやオーナーが、ホテル内で客を追い回したりはしないだろうが、それでも追いつかれたくなくて。一歩でも遠くに離れたくて。

あの視線が……冬夜を乱すホークアイが届かないところまで、一刻も早く逃れたくて。

6

ガタン、ガタン……電車の揺れに合わせて、今日も誰かの視線が触れてくる。

古代人は普通に持っていた力だと聞かされて以来、ちょっと見られただけで騒ぐほうがむしろ自意識過剰な気がして、前ほど鬱陶《うっとう》しさは感じなくなった。いやなら、文庫本でも読んでいればいいのだから。

問題は、この外出の目的が、『グランドオーシャンシップ東京』のブライダルサロンでの打ち合わせだということだ。

冬夜の携帯には、毎日のように鷹からのメールが送られてくる。

『一度会って話をしたい』

とにかくその一点張りだ。話しあってどうなるというのか。冬夜にだって、白波瀬兄弟に劣らないほどのプライドはある。

一代で財を築いた箕輪《みのわ》の祖父の血を引いているのだから。いまさら結婚をご破算にする気もなければ、身代わりとわかっていて鷹との関係を続ける気も、毛頭ない。

(ギリシャの果てまで行ってしまえ！)

いくらストーカー根性があろうと、海外展開を視野に入れて飛び回っている鷹に、冬夜の打ち合わせのたびに姿を現すほどの暇があるとは思えない。とはいえ、結婚式までのこちらのスケジュールをすべて把握されているのは、なんとも気が重い。

もう鷹とは顔を合わせたくないというのが、本音だ。

これ以上、心を乱されるのはまっぴらだと、冬夜は盛大なため息を落とす。

なのに、悪い予感ほど当たるもの。

愛菜と待ちあわせたブライダルサロン、すっかり顔馴染みになったコーディネーター相手に、いつものようにシークレットフロアでの披露宴について、しつこく申し出をしているとき。

「ねえ、あれ、オーナーじゃない」

どこからか聞こえてきた声と、周囲のざわめきで、鷹が現れたのだとわかる。

常と変わらず、女性客をうっとりさせる完璧な紳士を演じているのだろうが、むろん、振り返って姿を確認するなど論外だ。

どれほどオーナー面を作っていようと、鷹の視線は冬夜にとって凶器になる。愛菜が、コーディネーター相手にウエディングドレスの話題に花を咲かせているのをいいことに、アームに肘《ひじ》を置いて身体ごと捻《ひね》り、ひたすら窓の外の英国庭園《イングリッシュガーデン》へと意識を向ける。

イチイとアラカシとブナの生け垣が、敷地全体をそれぞれ個性的な庭園に区切っている。噴水を中心とした水庭園や、月桂樹の迷路《メイズ》。早咲きの蕾《つぼみ》に彩られたアーチの向こう、延々と連なるバラの花壇は、もう半月もすれば満開になって、六月の花嫁達《ジューンブライド》を祝福することだろう。

ふと日が陰り、窓ガラスが、曇った鏡のようにぼんやりと、サロンの中を映し出す。そこに鷹の姿があった。

瞬間、ゾッと、背筋が粟立《あわだ》った。

見ている……窓ガラスに映った鷹が、冬夜を見ている。目が合ったと思ったとたん、頬《ほお》をそっと撫でる指先の感触を覚えた。

(バカな……?)

直に注がれる視線ならまだしも、鏡やガラスに映った視線を感じるなんて、こんなことは一度だってありはしなかった。

鷹の立ち位置が、冬夜の右半身が見える場所のせいだろうか。ガラスの中で鷹がうつむいたのと同時に、背広越しに触れられているような焦《じ》れったい感覚が、冬夜の右肩から脇《わき》をなぞりながら這《は》い下りていく。さらに、遠慮もなく腰へと落ちたと思うと、手のひらの熱さえ感じるほど、ねっとりとそこを撫ではじめる。

(あ、ありか、こんなことが……!?)

視線を触覚として捉えるというだけで、もうじゅうぶんに妙な力なのに、まさか虚像の視線にまでも反応してしまうなんて。

身体の関係を持ったことで、お互いに微妙なニュアンスを読みとれるようになってしまったせいなのか。それとも、冬夜の身体のほうが、鷹の肌感覚を知ってしまったせいなのか。

たぶん、その両方なのだろう。冬夜の腰のあたりをさまよう、なにかを企んでいる鷹の目つきから、尻を触りたがっているのだと察したとたん、それが生々しく伝わってきてしまった。

(う、うそっ……!?)

こんなことは、本当に初めてだ。

共感覚は生まれつきの資質で、そして不変的なものだ。大人になるに従って衰えていくことはあっても、努力によってとか、偶発的にとかで備わるような類《たぐい》のものではない。

ならば、これもまた、もともと持っていた力ということなのだろうか?

触覚を喚起させる共感覚は、その他の共感覚と比べて、現実との境目が判然としないといわれている。だから、こうしているいまも、まるで実際に痴漢《ちかん》に尻を撫でられているような気がするのだ。

そして、鷹もまた、そのことに気づいている。

(こいつ、なにを……?)

冬夜は必死に態度に出すまいとしているのだが、それでも、二度も抱いた相手の反応はわかるのだろう。鷹の視線に戸惑っている冬夜の微妙な変化を察知して、さらに悪辣《あくらつ》な行為をしかけてくる。

冬夜は脚を組み、身体を捻って椅子《いす》に腰掛けている。そのぶん、わずかに浮いた尻と座面との隙間に入り込んでくる手が蠢《うごめ》くさまが、まるで現実のことのように感じられる。

知っているくせに。ご自慢のホークアイが冬夜に与える影響を、もう知っているくせに、あえてこんな悪戯をしかけてくる。いや、悪戯ならまだましだ。本気なのだ、この男は。

本気で冬夜を落とそうとしている。

こんな場所で。衆目の中で。

(やめろ……！)

窓ガラスに映った姿など、しょせんは虚像でしかないのに、それがどうしてこんなに強烈な刺激を呼び起こすのか。

だが、いやなら見なければいい。目を閉じれば解放されるのに……そんな簡単なことが、いまの冬夜には難しい。

すべては、あの男の目ヂカラのせいだ。

白波瀬鷹という、度肝を抜かれるほどに鮮烈な男の存在が、冬夜が二十四年かけて築いてきた鉄壁の理性を崩す。

公衆の面前で不埒《ふらち》なまねをされているというのに、湧き上がる羞恥《しゅうち》すらも愉悦を煽るスパイスとなって、じわじわと鼓動を乱し、肌をざわめかせ、体温を上げていく。

視覚からの情報を触覚として受けとる、普通の人間はとうに失ってしまった共感覚を、ここまで強烈な官能として体現させてくれるのは、もしかしたら鷹だけなのかもしれないと、冬夜は思いはじめていた。

他の男の視線は鬱陶しいだけだし、半分だけでも鷹と血の繋《つな》がった響の視線にいたっては、なにも感じなかった。たとえ、まっ正面から顔を合わせていようとも、相手が無関心なら見ていないのと同じなのだ。

鷹だけが……鷹のホークアイだけが、ガラスに映った虚像であるにもかかわらず、これほどの情熱を送ってくる。

「どうなさったの、冬夜さん？」

隣の席の愛菜が、心配げな声をかけてきて、冬夜は、なんとか目だけをそちらに向ける。

「なんだか、顔が赤いみたい。熱でもあるんじゃないの？」

それは赤かろう。なにしろ公然と痴漢にあっているのだから。自慢の理性を総動員して表情だけは繕《つくろ》っているものの、上気していく頬の色は隠しようがない。

「いや……。ちょっと暑いね、ここは」

誤魔化そうとしたとき、そばに近づいてきた足音に気がついた。

「ご気分がお悪いようでしたら、お部屋をご用意いたします。どうぞ、そちらでお休みくださ い」

いらん！　と怒鳴ってやりたかった、人前でさえなければ。せめて愛菜がいなければ。

「オーナーのおっしゃるとおりよ。しばらくお部屋で休ませていただくといいわ」

だが、愛菜は、微笑みつきの優しい気遣いで、冬夜を狼の巣に送り出してくれたのだ。

「なんのつもりなんです、人前で……！」

鷹に連れられて、シークレットフロアではなく一般用のシングルルームに入ったとたん、冬夜は無礼千万な男の胸をドンと突いた。

「ああでもしなきゃ、俺の話を聞こうとしないだろう、きみは」

「だからって、あんな……！」

「あんな？」

そらっとぼけながらライティングデスクに寄りかかって立つ鷹は、こうして正面から対峙《たいじ》していても、さっきのような痴漢まがいの行為をしかけてきたりはしない。

上半身に羽毛が触れるような柔らかさを感じはするが、それは不快なものではない。

これが鷹の、素の優しさなのだろう。

「せめて言い訳くらいさせろ」

何度もあんなまねをされてはたまらないと、観念した冬夜はベッドに腰を下ろして、鷹の視線を避けるように絨毯に目を落とす。

それを了承の合図と受けとった鷹が、おもむろに口を開く。

「確かに、最初は摩耶さんとよく似た顔が気になった。それを否定する気はないが、摩耶さんの名を呼んだのは、初めての晩だけだったはずだ。再会してからは、きみしか見ていない。きみに会えることが嬉しくて、摩耶さんの帰国日も失念してしまうほどに」

「ゲイでもないあなたが、男の俺に本気の秋波を送っていたと？」

「いけないか？　あんな出会いをした相手が、いきなり他の女の花婿《はなむこ》として現れたんだ、気にならないわけがない」

なにを笑止な。身代わりと言われたほうが、まだ納得がいく。

だが、鷹を喜ばせるような顔は、たとえ失笑であろうと見せはしないと、冬夜は口元を引き締める。

「それは、ただの独占欲です。子供のようにないものねだりをしてるだけだ。あなたに抱かれておきながら、簡単に他人のものになると思ったから、ムカついただけだ」

「それも認める。なんで俺に抱かれたあげく、あんな小娘で満足できるのかと」

「本当に……無神経な人だ」

「悪いか？　これが俺だ」

その自信、その我欲、目も眩《くら》むような身勝手な自己顕示欲——それこそが白波瀬鷹だと開き直って、究極の図太さをひけらかす。

あまりに直球の告白は、常に迷いの中にいる冬夜の鼓膜に、無性に心地よく響く。

だから鵜呑《うの》みにはできない。うっかりすると流されるとわかっているからこそ、引っかかるわけにはいかないのだ。

「あなたは、俺が簡単に手に入らないから、こだわってるだけですよ。自分のものになればすぐに飽きるに決まってる」

「きみは頭がいいが、それだけは判断ミスだ。俺は簡単には飽きない。これでも一途なんだ」

「一途って言葉の意味、知ってますか？」

「知ってるさ。摩耶さんに会ったのは五歳のときだ。そのときから、あの人以外の女性は目に入らなかった」

「五歳……？　ずいぶんマセガキですね」

「ああ。なにしろ強烈だったからな」

そんな幼いころでは、まだ大人の女性を恋愛対象に想うほどの歳ではないような気がすると、冬夜は落としていた視線を上げた。

「美しいだけじゃなく、プライドの高い女性だった。俺の母親とタメを張ったのは、あとにもさきにもあの人だけだ。広尾《ひろお》の実家に、生まれたばかりの響を抱いて乗り込んできたときのことは、ちょっと忘れられないぞ」

肩をすくめて、鷹は語った。

二十七年前、一人の男を巡って繰り広げられた、二人の女性の愛憎劇を。

鷹の父親、雅彰《まさあき》は、当時まだ二十歳《はたち》そこそこの新鋭ピアニストだった摩耶の、パトロンだったのだという。

だが、美貌《びぼう》と才能に恵まれた摩耶は、愛人の身に甘んじているような女性ではとうていなく、響が生まれたのを機に、堂々と白波瀬の家に乗り込んできたのだ。

まだ五歳だった鷹の目の前で、妻と愛人は声を荒げるでもなく、微笑みすらうかべて互いを罵《ば》倒《とう》しあったのだという。

その最後、摩耶は笑いながら告げたのだ。

『愛もないのに、妻の座に固執していることを見苦しいとも感じないなんて、ギリシャ一の貿易商の娘のプライドは、その程度のものなんて、お笑いだわ』

それに返した鷹の母親……ギリシャでも名だたる名家の娘であるティティスの言葉は、さらに辛辣《しんらつ》なものだった。

『たかがピアニストふぜいに夢中になるような男に興味などかけらもないわ。それほど欲しければ、差し上げますよ。私のお古の男をどうぞお使いなさいな』

話を又聞きするだけで、ぞっと背筋に冷たいものが走るほど、すさまじい女同士のプライドのぶつかりあいだ。

結果として、摩耶は妻の座を得、鷹の母親は、他人にやってしまったものには未練もないと、一度は夫だった男の血を引く息子すら捨ててギリシャへ帰ってしまったのだ。

「父は愛する女性を得る代わりに、母の一族を怒らせた。エーゲ海を臨む観光地にリゾートホテルを建てるのが、父の夢だった。キプロス、シチリア、コルシカ、ロードス……悠久の歴史を伝える島々に。だが、その望みは永遠に絶たれた。それほどに祖父はギリシャのみならず、地中海沿岸に強大な影響力を持っているんだ」

「その夢を、いまあなたが継いでいると？」

「まさか」

ふん、と鷹は軽く鼻先で笑い飛ばす。

「誰があの男の夢など継ぐものか。俺にとって白波瀬雅彰という男は、父親である以前にもっとも強大なライバルだ」

「ライバル？」

憧れの人を妻にした男への嫉妬含みの表現かと、冬夜は思ったものの、どうやらそうではないらしい。もっとシンプルに、自分より高処にいる父親を、乗り越えるべき障壁と捉えているような口ぶりだ。

その証拠に、鷹が発する感情のどこにも、嫉妬からくる、歪みもくすみもない。燃え上がる焔《ほむら》のようなそれは、純粋な闘争心を表すものだ。

「母と祖父を説得してギリシャ進出を成功させれば、俺は父を越えられる。希代のホテル王でありプレイボーイでもあり、俺の欲しかったものすべてを手に入れてしまった、あの男を」

いまはもう揺らぐこともなく、鮮やかに輝くセルリアンブルーが、鷹の言葉がうそではないことを明確に伝えてくる。

話を聞き終えて、冬夜は冷や汗さえ感じながら、ゴクリと息を呑んだ。

「それ、一途とかいうより、むしろトラウマなんじゃないですか？」

確かに忘れがたいエピソードだろうが、どう考えても、恋愛対象として心に刻まれたものとは思えない。

「かもしれんな。実母以上の女性だと刷《す》り込まれたんだろうな、あのときに。もっと、畏怖《いふ》に近い気持ちだったのかもしれない」

それでも、五歳のときの出会いからいままで、摩耶以上に鷹の心を動かした女性はいなかったのだ。長い、長い、執着だったと、鷹は自嘲《じちょう》の笑みを浮かべる。それは一瞬のことで、すぐに尊大な表情の下に消えてしまったが。

「摩耶さんにしても、響にしても、俺は愛した人にはそっぽを向かれる運命らしい」

ふと、冬夜は、響に会ったときのことを思い出した。響が鷹に向けたのは、兄を慕う気持ちとは言い難《がた》かった。なんとなく面白《おもしろ》そうな気配を察知すれば好奇心も見せたが、大半はどうでもいいという反応だった。

「響さんは自己完結してるから、他人の感情には無関心でいられるんじゃ……」

「まあな。身内を含めて、とにかく人と関わるのが面倒でしょうがないヤツなんだ」

それでも、可愛くてしかたがない弟だと、鷹の顔には書いてあるが。

だが、半分だけでも血の繋がった弟でさえあれなのだから、生さぬ仲の摩耶が鷹にどれほど辛辣な態度をとったかは、想像に難くない。

「べつに、それでもよかったんだがな」

振り向いてくれない相手ばかりを愛したおかげで、想うことこそが恋愛表現になっていたと、傍若無人な男が、なんとも控えめなことを、当たり前のように言う。

「だが、きみが現れた。初めて、俺の視線に振り向いてくれた」

「思いっきりそっぽを向いてますが」

「そうか？　でも、きみは俺の視線を感じて、俺の感情を目に留めているんだろう？」

「勝手に入ってくるだけです。ホークアイとご自慢なさるだけあって、マジでウザイんですよ」

「無視されるよりは、ウザイと思われるほうがよほどマシだな。好きと嫌いはコインの裏表だ。少なくとも、厭《いと》うくらい意識に入り込む存在ではあるんだからな」

なんて一方的で身勝手な解釈だろう。なにが想うことが恋愛表現だ。めいっぱい押しつけているじゃないかと、冬夜はうんざりと首を振る。

「なんだかんだ言って、結局、自分を意識してくれる相手を選ぶってことでしょう。ずいぶんとお手軽な気がしますが」

「いけないか？　恋だろうと仕事だろうと、一方通行では意味がないんだと、この歳にしてようやく気づいたんだ」

もう迷うことのない強固な想いを、鷹は鮮やかな色とともに送ってくる。

「きみが、俺の視線を受け止める共感覚を持っていると知ったときには、心が躍った。あの段階で、摩耶さんへの気持ちは、天女に焦がれるようなものだと思い知った」

「天女、ですか？」

「ああ、決して手の届かない人外のものだ。だが、俺は霞《かすみ》を食って生きていけるほど枯れちゃいない。本気で惚《ほ》れたのはきみが初めてだ。これが初恋だと言ったら、笑うか？」

「大笑いしますよ」

「そうか？　むしろつまらなそうだが」

当たり前だ。わずかでも鷹に気を持たせるような態度はとれないし、それ以上に、冬夜自身が、無為な期待はしたくないのだ。

否応なしに見えてしまう感情の色に、このさきも心揺らされるとわかっている以上、不安ばかりの恋に飛び込むだけの勇気は冬夜にはない。妻が夫の浮気を闇雲に疑うのとは、わけが違う。冬夜の目は、確実に相手の裏切りを見てしまうのだから。

リサイタルの夜に見たような揺らぎを、いつまた目にするかわからない――そんな不安を抱えて、どうしていっしょにいられる。

「もう失礼します。あなたといると熱に当てられるだけで、ちっとも気分は治らない」

立ち上がり、鷹の前を横切ってドアに向かいながら、告げる。

「俺は愛菜と結婚します」

「それで幸せになれるのか？　望みもしない結婚をして？」

「どんな結婚にだって打算はある。それに俺は愛菜を可愛いと思ってる。彼女の無邪気さや素直さを」

「それは、妹や友人に寄せる気持ちだ」

「いけないですか？　なにも身を灼《や》くような激しさだけが価値じゃない」

穏やかに、平凡に、波風の立たない人生を選んでなにが悪いと、冷たい背中で語る。

「鬱陶しいんですよ、あなたの色は」

本心ではないけれど、ここで思い切らなければ、きっとまた惑わされる。乱される。

だから、辛辣に言い捨てる。

「一人で燃えるなり灼かれるなりして、さっさと消し炭にでもなってください」


初夏に向かって花がほころび、『グランドオーシャンシップ東京』の英国庭園《イングリッシュガーデン》は、訪れるごとに鮮やかに色を変えていく。

愛菜のウエディングドレスも、冬夜のタキシードも、お色直し用のファンシーな装いも決まった。料理もシャンパンもワインも、引き出物も、司会者も、いちばん難関だった祝辞を述べていただくお偉方の順番も決まった。

なのに、披露宴にシークレットフロアを使う許可だけがおりない。

来賓には、披露宴会場は当日のサプライズということにして、両家の控えの間だけを書いた招待状を発送した。一応、最高のエグゼクティブスイートルームを押さえてはいるが、最後の最後までシークレットフロアにこだわるつもりでいる。とはいえ、オーナーの鷹は、このところギリシャ出張が続いているとかで、コーディネーターからも色よい返事はもらえずにいる。

そのくせ鷹は、毎日のように定期便のメールを送ってくる。

『ちんたらメールを打ってる暇があるなら、少しはシークレットフロアの件を本気で考えてください。結婚式まであと十四日』

カウントダウンつきで返信してやってるのに、送られてくるのは、すっとぼけたラブレターばかりだ。いまほど、自分の忍耐力が試されていると思ったことはない。

「あと二週間なのね。寂しくなるわね。冬夜さんが結婚してしまうと」

今夜もまた、ピンクに緑が混じってしまったわ、と嘆く母親の手料理が、晩餐《ばんさん》のテーブルを飾っている。冬夜の結婚式が迫るにつれて、母親の気持ちも落ち込んでいるようだ。

そのぶん、ワーカホリックの父の春彦《はるひこ》が、十日も続けて夕食の席についている。

「しょうがないよ、咲子《さきこ》。条件は入り婿なんだから。でも、緑川家の皆さんも冬夜のトレーダーとしての才能は、認めてくださっていることだし」

「そうね。あちらのお役に立てれば、なによりなのよね。じゃあ、二週間、精一杯、腕を振るってご馳走《ちそう》を作るわ」

そう、二週間……本当にあと半月かそこらで、自分は愛菜の夫になる。

なのに、不思議なほど実感が伴わない。

(あの男に会うまでは、平気だったのに)

一カ月半前なら、疑問などかけらも抱かなかったものを。

旧財閥系の緑川家と比べて、戦後の荒廃の中から一代で財を築いた箕輪の祖父は考え方も進歩的で、結局は好きな相手といっしょになるのが一番の幸せだからと、勘当という名目で可愛い末娘を手放してくれたのだ。

お嬢様を幸せにする……それが父親に課された義務で、冬夜も同じほどの責任感を持っているから、伯母からこの見合いが持ち込まれたときにも、ふたつ返事で承諾した。

どうせ冬夜は、共感覚に惑わされて、まっとうな人間関係など築けはしないのだから、自らの幸せなど望むべくもないし。

両親が幸せで、不義理をしてきた祖父母に借りを返すことができて、伯母を含めた親類縁者を見返してやれる結婚なら、断る理由などひとつもなかった。

その上、お嬢さん育ちの愛菜の天然ぶりは、どことなく母親とも共通した部分があって、微笑ましかった。

理想の結婚のはずだったのだ……あの男、白波瀬鷹に出会いさえしなければ。

「冬夜もマリッジブルーか？　花婿の顔じゃないぞ」

冬夜の惑いを見抜いて、斜め前の席から、父親が問いかけてくる。

「え？　いえ……あの、貴子《たかこ》伯母様がお望みのシークレットフロアの使用許可が、なかなかおりなくて」

慌てて誤魔化したものの、それはそれで、別の心配の種を与えてしまったようだ。

「ああ、内々での披露宴か。あれは、緑川としては、本当に納得しているのかな？」

「え？」

「旧財閥系とはいえ、グループ解体と再編の嵐が吹きまくっている昨今だ。あちら様としては、箕輪との提携をアピールするためのまたとないチャンスなのに、それをなにか内密にすませようとしている感じがするのが、ちょっと気になるんだが」

「確かに、緑川とはいえ、内情は大変そうな感じですが、だからこそ大々的なお披露目は避けたいんじゃ？」

鷹のことばかり気にしていて、花嫁の実家の状況などまったく念頭になかった冬夜だが、もとは箕輪家の秘書だった父親には、なにか引っかかることがあるのかもしれない。

「まさか挙式の二週間前になって、ありえないとは思うが、まだ他の目を残しているんじゃないかと」

「他の、花婿候補ってことですか？」

「ないとは思うが。愛菜さんとおまえがどう決めようが、これは家同士の結婚のようなものだ。緑川の意向だとしたら、どうもぴんとこないんだよ」

「まあ、確かに……」

ずいぶん簡単に承知してくれたとは思っていたのだが、そこは愛菜の無邪気な我儘《わがまま》に勝てなかったのだろうと、安易に納得していた。

だが、ドタキャンが緑川家のお家芸だとしたら、たとえ二週間前だろうといきなり破談という可能性もあるのだろうか。

ふと、微かな期待を感じて、冬夜は茶碗を置きながら、小さく首を振った。こんなことでは、婚約解消を言い出すのは自分のほうかもしれないと、いやな予感が頭をよぎる。

「いやだわ。心配しすぎよ、二人とも。冬夜さん以上のお婿さんなんて、いるはずがないじゃないですか」

だが、父親の心配は、無邪気な母親の一言で吹き飛んでしまうのだった。

「ああ。それもそうだね。咲子に似た冬夜以上の相手なんて、いるわけがないいな」

まったくいつまでもお熱いことで、と息子としては呆《あき》れるしかない。

たとえ一人息子がいなくなっても、この二人ならむしろ新婚気分に戻って、より睦《むつ》まじくなることだろう。だが、幸せな両親をだましていることが、いちばん心に重い冬夜だった。

精一杯の笑顔を繕って、一家団らんを終えた冬夜は、二階の自室へと戻ったとたん、疲労感からどっと身体をベッドに放り出した。

「あと、たった二週間か……」

人生の新たな門出を迎えるというのに、まるでバーチャルゲームでもやっているかのように、他人事でしかない。自分は花婿という役を演じているだけ。

なのに、結婚へ向けて準備だけは、ちゃくちゃくと進んでいく。伯母が持ち込んだ見合いとはいえ、決めたのは冬夜自身なのに、なんだかじわじわと外堀から埋められていくような気がする。

目をつむると、なにかに追われているようなじりじりとした気持ちの隙を狙うかのように、誘惑の声が響いてくる。

——これが初恋だと言ったら、笑うか？

まったく、映像込みで脳裏に刻み込まれた声ほど、厄介《やっかい》なものはない。

共感覚で見える色とともに刻まれた鮮明な像は、写真記憶とか映像記憶とか呼ばれる類のもので、一瞬で覚え、恒久的に消えることがないとなにかで読んだことがある。

だが、忘れたいのに忘れられないとしたら、それはどれほどつらいことだろう。

うざったいほど激しく、一方的に、自分の想いを語り、あげく、愛菜と結婚しても冬夜は幸せにはなれないと、言いきった。

「ああ、そうだろうよ……」

そして、鷹が与えてくれる極上の快感を味わってしまった以上、それこそ、愛菜との新婚生活は味も素っ気もないものになる――それはわかりきっているのに。

そうやって鬱々と、今夜も益体《やくたい》のない悩みに浸りきっているとき、机の上に放り出してあった携帯が聞き慣れた音を奏でて、メールの着信を伝えてきた。

またしつこく定期便を送ってきたのだろうかと確認すれば、やはり差出人は鷹だった。

『窓の外を見ろ』

中身は、たったそれだけ。カーテンをわずかに開けて、すっかり夜の闇が落ちた道路をうかがう。街路灯の光の中に浮かび上がる、長身の男のシルエット。

「あの野郎……」

ここまでやれば立派にストーカーだ。いっそ警察でも呼んでやろうかと思いつつ、階段を下りる。母親に心配をかけないために、リモコン用の電池が切れたからコンビニに行ってくると、適当なことを言って外に出る。

「冬夜」

馴《な》れ馴れしく声をかけてくる男は無視して、近くのコンビニに足を向ける。こんな住宅街でやたらと響きのいい鷹の声で話をされてはたまらない。それは鷹も承知のようで、しばし黙ったままあとをついてくる。

コンビニの看板が見えてきたあたりで足を止め、背後の男を振り返る。

「あなたのしつこさも、筋金入りですね、ギリシャじゃなかったんですか？」

「帰国したその足で会いにきたんだ。そうつれなくするな」

のうのうと言う男は、いまにも消えそうな街路灯の光すらスポットライトのごとく身に受けて、堂々と佇んでいる。

「そのしつこさが、いやなんですけど」

「いやならいやで、いっこうにかまわない。きみの美しい顔を歪めることができるのが、俺だけだというなら、こんなに楽しいことはない。ぞくぞくするほど楽しい」

だったら、いやな表情ひとつ見せてはやるまいと、冬夜はいっそう冴《さ》え冴《ざ》えとした仮面を貼りつける。

「その氷の美貌もまた、惚れ惚れするな」

だが、鷹は、究極の暖簾《のれん》に腕押し男だ。それが自分を意識しての反応である以上、どんな冷徹な表情すらも楽しいと、ぬけぬけと言う男につける薬などありはしない。

「今日はプレゼントを持ってきた。どうせなら直にと思ってね」

「ギリシャ土産《みやげ》なら、上等のオリーブオイルがいいですね。それなら母が料理に使いますから」

「オリーブオイルか、それは思いつかなかったな。今日は、シークレットフロアの最高の部屋を、披露宴に提供しようと思ってきたんだが。プレゼントとしては不服かな?」

「え……?」

「著名なハリウッドスターが泊まった部屋だ。最高の料理にシャンパン、もっとも老練なバトラーをつけて、さすが緑川家と箕輪家だと、選ばれた出席者が鼻高々で自慢できる最高の披露宴を開いてやろう」

闇に浮かぶ鮮やかな炎のような、鷹の感情に揺らぎはない。本心からの言葉だとはわかる。だが、のらりくらりとかわしていた件を、ここにきて承諾すると言い出したからには、なにか理由があるはずだ。

「条件は?」

問う冬夜に、鷹はニッと口角を上げた。

「チャペルで、うそ偽りのない誓いを立てろ。もしもわずかであろうと、言葉や表情に不安を感じたら、その場で式をぶち壊してやる」

肩幅に開いた両脚で煉瓦《れんが》の舗道を踏み締め、両手をポケットに突っ込んで、威風堂々と佇んだまま、微動だにせず宣言する。

愛菜との結婚が本当に冬夜の幸せなら、それでよし。だが、建前だけのうそ臭さを少しでも匂わせれば許さないと、まさに猛禽《もうきん》のごとき切るような視線で突きつけてくる。

では、やってみせようと、冬夜は胸のうちの動揺を気取らせることなく、思う。

「わかりました。その目でしかと見届けるといい。俺が幸福をつかむさまを」

「その言葉、肝に銘《めい》じておけよ」

切れかかった街路灯が不規則に瞬《また》いたと思うと、鷹を照らしていたスポットライトが消えた。一瞬の早業で襟首《えりくび》をつかまれて、引き寄せられる。驚く間もなく唇を奪われていた。

熱い、熱い、息をも溶かすほどの情熱に満ちた、鷹の口づけ。

共感覚で唇に触れられたときの、あの妖しいほどの甘美さも魅惑的だったが、やはり本物の熱と激しさにはとうていおよばない。

奪われるとは、このことだ。唇と舌と歯列と口蓋《こうがい》に与えられる刺激が、全身に痺《しび》れとなって広がっていく。

時間にすればほんの数秒……でも、唾液も吐息も喘《あえ》ぎも、すべてが鷹に奪われて、驚愕とともに味わった恍惚《こうこつ》の瞬間、冬夜の半眼に映ったのは、闇の中でさえ青い光輝を放つ鷹の恋情だった。

パチッとなにかが弾けた音がして、再び瞬いた街路灯の光があたりを照らす。

銀糸を引いて離れた唇が、どちらのともわからぬ唾液で濡《ぬ》れ光っているさまを間近に捉えながら、冬夜は吐き捨てる。

「花盗人《ぬすっと》……!」

「花盗人は罪にはならない」

それだけ言うと、用事はすんだとばかりに、鷹はきびすを返す。いつの間にか近づいてきていたリムジンに乗り込んでいく。住宅街には不似合いな車のテールランプがすっかり見えなくなったのを確認して、冬夜はすさまじい徒労感からホッと肩を落とす。

鷹を前にして、平常心で乗りきるのは、至難の業だ。実際、綱渡りのようなものだ。

だが、それが条件というなら、やってみせる。完璧な花婿の仮面を被ってみせる。

自らの共感覚を隠すために磨き上げてきた精神力が、きっと味方をしてくれる。

そうして、愛菜と夫婦になったとしても、どんな未来があるというのだろう?

思いつつ足を運ぶさき、闇の中に点々と見える住宅街の灯——その瞬きのどこに、冬夜が築くはずの家庭があるのか?

切れかけた街路灯が、頭上でジジジと泣きそうな音を立てている。

虚無だと思う。

自分が踏み出すそのさきには、どこまでも穏やかすぎる静寂だけが満ちている。

それを幸せとは言いきれないほどに、もう冬夜は激情の意味を知ってしまった。

7

ハラハラと、バラの庭園に花びらが舞う。

その向こうに立つ白いチャペルの扉が、冬夜と愛菜のために開かれる日。

控え室の中、冬夜は鏡に映った、まっ白なタキシード姿の自分を見つめている。

(これが本当に俺か?)

もう一時間もすれば式がはじまる。愛菜の手をとって、神の御前で夫婦の誓いを立てて、マリッジリングを交換する——その瞬間に思いを馳《は》せながら緊張と期待に胸を躍らせる花婿は、ここにはいない。

胸の中は、冷めきっている。

花嫁の愛菜も、別の控え室でウエディングドレスに身を包んでいるころなのに。こんなうそばかりの男を夫にするとも知らずに、いつものように無邪気に微笑んでいるのだろうか、あの少女のような愛らしい女性は。

そう思うだけで、胸が塞ぐ。

これは罪だ。許されざる罪だ。

なのに、自分から破談を言い出せぬまま、この日を迎えてしまった。

いま、モーニングコートに身を包む自分がどんなに卑怯《ひきょう》か、冬夜はよくわかっている。

「まあ、すてきね。冬夜さん。空は青いし、すばらしいお式になることよ」

なのに、冬夜の悩みなどよそに、伯母の貴子は上機嫌で声をかけてくる。

「それにしても楽しみだわ。なんといっても披露宴が」

駆け落ちした妹一家をもっともうとんでいるはずなのに、シークレットフロアでも最上級の部屋を披露宴会場として使えるとあって、気もそぞろだ。

公家《くげ》の流れをくむ緑川家の人間でさえ、シークレットフロアに足を踏み入れたことのあるものは一人もいないとのことで。唯一、箕輪の祖父だけが、中東の王族を迎えたさいに、会談のために訪れたことがあるという。

冬夜にとっては、なにせ最初がラブホテル代わりだったから、世界的VIP御用達と聞いても、まさかそうまで皆が騒ぐとは思ってもいなかったのだが。少なくとも箕輪の面目は保たれたということで、それだけは鷹に感謝するべきなのだろう。

もっともそれも、冬夜が今日の式を無事に挙げることができたらの話なのだが。

「今日は、オーナーが直々にお式を仕切ってくださるそうだし、本当に冬夜さんは運に恵まれてらっしゃるわね」

少々の嫌味を交えつつも、有頂天な伯母の言葉が、胸に不快に突き刺さる。

「そう、ですね……」

運に恵まれているどころか、冬夜が少しでも戸惑いの表情を浮かべれば、鷹は本気で式を潰《つぶ》しにかかるだろう――一瞬、そう言ってやりたい衝動に駆られた。

これから祝いの宴《うたげ》に向かおうというのに、じわじわと足元に不吉な影が這い寄ってくるのを、冬夜は感じていた。


父親の腕をとり、バージンロードを歩んでくる愛菜のウエディングドレス姿は、この人が自分の花嫁だと声を大にして自慢したいほど、愛らしい。

だが、それは今日の日のために装っている母親を見て、微笑ましく感じるのと同じことだ。大事な人を、美しいと、誇らしいと、満足感に浸るのは、決して恋愛感情ではない。

こんなに穏やかな気持ちで、花嫁を見る花婿が、どこにいるだろう？

頬が紅潮することもない。胸が逸《はや》ることもない。逆に、じわりと湧き上がる後ろめたさが指先をひんやりさせていくだけで、それは期待とは正反対のものだ。

（だ、だめだ、これは違う……！）

わかってしまった、いやというほど。

このまま愛菜をめとっても、自分が彼女を想うことは決してないだろうと。

別の人間を心に住まわせながら、うそだけを積み上げていっても、そこに父と母が駆け落ちまでして築いたような家庭はありはしない。

愛菜も、自分も、誰も幸せにはなれない。

なのに、ついに花嫁が冬夜の隣に立ってしまった。薄いベールに覆われた微笑みが、なぜか微妙に引きつっているように見える。

自分の人生が変わる日とあって、さすがに天然の愛菜でも、緊張するとみえる。

だが、冬夜には怯《おび》えて当然と思えてならない。愛もない相手と結婚するのだから。

こうして隣りあって、聖書の一節を朗読する牧師の前に立ちながら、夫となるはずの相手の意識は、チャペルの隅でこの偽りの儀式を見守っている男へと向いているのだから。

ホテルマン達は皆、執事仕様の黒の燕尾服と蝶《ちょう》ネクタイで決めているが、中でも自ら采配を振るうオーナーの姿は、この場にいる誰よりも堂々とした風格をかもし出している。

チラと振り返れば、箕輪と緑川、傲岸不遜を絵に描いたような両家の人々が参列するチャペルの中、冬夜の共感覚は否応なしにあちこちに感情の揺らめきを捉えてしまう。

静粛な場であるはずのそこは、窓を飾るステンドグラスよりもなお鮮やかな——というより、サイケデリックと表現したほうがいいほど様々な色に満ちているが、鷹が発する青は他の誰の色にも紛れることなく、冬夜の目を魅きつけるのだ。

美しい、美しい、セルリアンブルー。

冬夜が知る中で、もっとも偽りのないあの男の視線に囚われて、どうして心にもない誓いを立てることができるだろう。

ときに明るく、ときに深く、そして、ときに情熱的に燃え上がる高温の炎のようなそれは、必死に心を冷やし続けていた冬夜の意地をも焼き尽くしていくようだ。

これは、人生で最大の間違いだと。

だが、この期《ご》におよんで式をとりやめるなんて、愛菜に恥をかかすようなまねができるだろうか。母や父を失望させ、箕輪の親族をさらに怒らせ、緑川家には一生かかっても償いきれない咎《とが》を負うことになる。

冬夜の迷いを置き去りにして、式は進んでいく。

「二人の結婚が神の御心によるものであり、永遠に変わらぬものであるように」

祈りを捧げた牧師が、参列者に向かって問いかける。

「では、この二人の結婚に異議のある者は、いまここにて申し立つべし。しからずば、永遠に沈黙すべし」

ハッと、冬夜は目を瞠《みは》る。

参列者へ異議を訊ねるくだりは、欧米ならともかく日本の教会式では省かれると打ち合わせのときに聞いていたのに。予定外の問いを牧師がわざわざ口にしたのはなんのためだと、湧き上がる疑念に促され、冬夜は振り返ってしまった。

ほんの一瞬、チャペルの片隅に控える鷹を戸惑いの表情で見てしまった。

厳粛な問いに、普通なら異を唱える者などいるはずもない。だが、冬夜の目は、鷹の身体から発せられる憤りの色をはっきりと捉えていた。

ごう、と押し寄せる波濤の音さえ聞こえそうな、鮮やかなセルリアンブルー。その口が開く。まさに異議を述べるために。

「い……」

鷹の声が聞こえたと思ったのと、バンと音を立ててチャペルの重厚なドアが外側から開かれたのが、ほぼ同時だった。

「異議があります！」

続いて響いてきたのは、鷹の低音ではなかった。精一杯に張り上げてもなお、弱々しさを秘めた声には、どこか聞き覚えがあるような気がした。

冬夜も、牧師も、参列者達も、そして、いままさに口を『い』の形に開けた鷹も、突然の闖《ちん》入《にゅう》者を唖然と振り返る。

ただ一人、満面に輝くような笑みを浮かべた花嫁が、手に持っていたブーケを投げ捨てるなり、ウエディングドレスの裾《すそ》を両手でたくし上げ、どこにそんな力があったのかと思うほどの全力疾走で、ベールをひるがえしながら一気にバージンロードを駆け抜けていく。

「信二《しんじ》さん！」

信二さん、誰それ？

その場にいる大多数の人間がそう思った。

「運転手か……？」

黒のスーツに白い手袋のその男が、緑川家のお抱えの運転手だということに、ようやく冬夜は気がついた。なんとも印象の薄い顔だが、あの白手袋には覚えがある。

そう、リムジンに乗り降りする愛菜に、いつも手を貸してやっていた運転手だ。

地味を絵に描いたようなその男が、緑川家の使用人でしかない男が、鷹が言おうとしていただろう言葉を、先んじて叫んだのだ。

「お嬢様を愛してるのは、私です！」

そうして広げた両腕に、花嫁は嬉々《きき》として飛び込んでいく。

しっかりと受け止めてくれた胸の中で、愛菜は振り返る。

「ごめんなさい、冬夜さん。でも、私はこの人でなきゃいやなの！」

詫《わ》びの言葉を告げると、信二という運転手と固く手を握りあい、神聖なチャペルをあとにして、自由な風の中へと飛び出していく。

人間、本当に驚いたときにはとっさに反応はできないものだ。冬夜や鷹だけでなく、両家の身内も友人代表の参列者達も、引き止めるとか、あとを追うとかも考えられず、呆気《あっけ》にとられているあいだにも、走り去っていく愛菜と運転手。

まさに『卒業』のベンジャミンとエレーンを、地でいく後ろ姿。

なんとも感動的なシーンだが、それは冬夜と鷹がやるはずだった逃避行だ。

(ちょっと待て、この展開はなんだ……?)

同じことを思っているのだろう鷹が、完璧に思考回路をショートさせているのが、凍りついたように固まった身体だけでなく、一気に消えていく感情の色が教えてくれる。

なるほど、頭がまっ白になると、感情も消えるのかと、呑気なことを考えているのは、冬夜もまた動揺しきっている証拠だ。

だが、それでいながら、まっさきに我に返ったのも鷹だった。

「皆さん、静粛に! ここは神聖な神の家。落ち着いてください!」

だが、誰もが驚きすぎて声すら出せないでいるのに、『静粛に』などと第一声をあげたあたり、落ち着いてはいないようだ。

俺がやるはずだったのに! と声なき怒声さえも聞こえそうなほど、一気に感情の色が燃え上がっていく。

ようよう事態の深刻さに気がついた両家の皆々が、騒ぎ出す。

「な、なんだ、花嫁が逃げるなんて!?」

「つ、捕まえろ! 連れ戻すんだっ!」

あちこちから声をあげながら、慌てて通路に飛び出していく。

「お待ちください！」

だが、それを塞ぐように鷹は入り口に立ちはだかって、ただでさえ響きのいい低音を、ひときわ厳格に響かせた。

「連れ戻してどうなさるんです？　なにもなかったことにして、式を続けられるとでも？」

まったくそのとおりだ。すべてを覚悟で愛菜はこの日を迎えたのだろうと、ようやく冬夜にもいろいろなことが腑《ふ》に落ちた。

披露宴を内々にという冬夜の意見に、最初から賛成してくれたのも、不思議ではない。

もともと結婚式の最中に逃げ出す計画だったから、周囲にかける迷惑を最小限にとどめるためにも大規模な披露宴を避けたかったのは、むしろ愛菜のほうだったのだ。

キスだけの清いおつきあいで満足していたのも、好きな相手がいるなら当然だし。やたらとドタキャンが多かったのも、たぶん運転手といっしょに計画を練っていたのだろう。

（やってくれるな、お姫様……）

見事に先を越された。

やはり花婿が逃げるより、六月の陽光にドレスとベールを閃かせ、恋人とともにバラのアーチのあいだを駆け去っていく花嫁のほうが、ずっと絵になる。

（逃げろ、どこまでも！　二人で作る幸せな世界に、駆けていけ！）

冬夜は、心でエールを送る。

自分も負けない。無邪気な少女のような愛菜がこれほど大胆な行動力を秘めていたのに、男の自分がつまらない意地でもたもたしているのは情けなさすぎると、足元に視線を落とす。

そこに、愛菜が捨てていった胡蝶蘭《こちょうらん》のブライダルブーケが落ちている。

そのあいだにも鷹は、チャペルの入り口に立って、花嫁のあとを追いかけようとしている親族を押しとどめている。

「愛する者達を引き裂いてまで、偽りの誓いを立てて夫婦になることなど、神がお許しになりません」

さすがに、何度となく世界的VIPを迎えてきた、『グランドオーシャンシップ東京』のオーナー。鋼《はがね》の度胸に、見事な二枚舌。

「なにより、花婿のお気持ちをお考えください。目の前で他の男の腕に飛び込んだ花嫁を、たとえ連れ戻したとして、めとることができるとお思いですか?」

口から出任せにしろ、うまいことを言う。だが、沈着冷静な対応で鷹に負けるわけにはいかないと、冬夜はその場に膝《ひざ》を折ってブーケを拾う。

「もともと、家同士で決められた形だけの結婚だったんです。彼女に愛する人がいる以上、その仲を裂いてまで、結婚するなんてことは……僕にはできません」

諦念《ていねん》の中に落胆を滲《にじ》ませて、それくらいのことは言えるほどに、外面は磨いてきた。

やはり常日頃の努力というものは、あだやおろそかにするものではないなと、神妙な表情の下で思いながら、決してうそでない言葉をつむぐ。

「愛菜と彼を、どうぞ追わないでやってください。本当に僕達の幸せを望むなら……」

少々やりすぎかと思いはするが、愛菜がここまでの行動に出た以上、協力しないでどうすると、悲嘆にくれる花婿の仮面を被る。

「どうぞお願いします。愛菜の望むようにさせてやってください。それが……それこそが、僕の願いでもあります」

緑川の両親も親族も、捨てられた花婿にここまで言われて、無理やり連れ戻すことなどできるはずがないだろう。

箕輪家のほうは、咲子が駆け落ち結婚している前例があるぶん、動揺も少ない。

もとより冬夜は、伯母の貴子を筆頭に箕輪の親族には厄介者あつかいされていたのだから、たとえ捨てられようが、本心からの同情を寄せる者などそうはいない。

もっともショックを受けていいはずの冬夜の両親にいたっては、自分達が駆け落ち結婚なのだから、愛菜の味方をしないはずがない。

「ええ、そうですよ。よくおっしゃったわ、冬夜さん。それでこそ私の息子だわ」

母親の咲子は、ドラマチックな展開に感動さえしているようで、捨てられた側にそこまでの反応をされてしまえば、緑川の身内が騒ぐわけにもいかない。

「やれやれ、内々だけということにしておいて、よかった」

誰かの呟きに、チャペル内に、さきほどまでとは違う落胆が広がっていく。

「そ、それじゃあ、シークレットフロアでの披露パーティーは？」

他のなによりそれがメインだったらしい伯母の貴子が、冬夜の気持ちなどよそに、悲嘆にくれた声をあげるが、この状況で披露宴などできるわけがない。

「式も挙げていないのに、披露宴もなにもないでしょう。ご両家の方々は控えの間で、今後のことをご相談なさってください。それより、私には気がかりなことがありますので……」

言いつつ鷹は、神妙な顔でブーケを見つめたままの冬夜に歩み寄る。

「お顔の色がすぐれないようですね。ご無礼はお許しください」

なにが無礼なのかと、顔を上げたとたん、伸びてきた両腕に抱きかかえられて、ふわりと身体が宙に浮いていた。

「……ちょ……？」

「皆様、道を空けてください。お身内の方々とごいっしょでは花婿のお心も安まらないでしょう。お一人になれる場所にお連れいたします」

騒然とするだけで、ろくな判断もつかぬ参列者達を、強引な理由であしらうと、鷹は冬夜を横抱きにしたまま、バージンロードを歩き出す。逃避行は花嫁を愛する男に、してやられてしまったから、せめてこの場から花婿を奪っていくくらいのことはさせてもらうと、ゆったりした足取りで出口に向かう。

「そ、そうね。冬夜さんはショックでしょうから、一人にしてさしあげないと……」

背後から誰かの声が聞こえてくるが、一人にしてくれる心遣いはありがたいが、傷心で泣き崩れるほのどショックを受けているわけでもないのに、抱きかかえられての退場には誰も突っ込まないのかと、冬夜は必死に作った愁《うれ》い顔の下で叫んでいた。

このシチュエーションがいやだというわけではないのだが、いくらなんでも花嫁に捨てられたあげく、歩く力もない男と思われるのはあまりにみっともない。

「こ、こら……、下ろせよ」

鷹にだけ聞こえるほどの小声で囁きかけても、ムキになったようにまっ正面を見続ける男が、自分を下ろしてくれる気配はない。

「くそぅ！　あんな地味な男に遅れをとるなんて、一生の不覚……」

ぼそり、と呟いた鷹は、三十二年の人生で、これほど見事な完敗を喫《きっ》したのは初めてのことなのだろう。ほんの一瞬の差……だが、その差が切羽詰まった男の愛の証だとしたら、鷹は確かに負けたのだ。

想いの深さではひけはとらないと自負していても、でも、いつでもさらうことはできると余裕を持っていた。愛菜との身分違いの恋に悩んでいた運転手ほどには、必死ではなかった。崖《がけ》っぷちではなかった。

それは、ある意味、傲《おご》りなのだと猛反省している最中らしい。

緊急事態に対応するオーナーの張り詰めた顔というより、つむじ曲がりの子供のようなむっつりと口を引き締めた表情が、なんだか可愛くさえ見えてくるから不思議なものだ。

せめて冬夜を姫抱きして部屋へと連れていくのが、いいとこどりされてしまった鷹の、精一杯の虚勢なのだ。

満開のバラのアーチを抜けてホテルの本館まで続く、決して短くはない道程を、興味津々《しんしん》の客達の注目を一身に浴びながら、冬夜は耐えることになったのだ。

なんといっても、そこは『グランドオーシャンシップ東京』の売りのひとつの英国庭園《イングリッシュガーデン》、眺めだけはすばらしくよかった。


「ちょ、ちょっといいかげんに下ろしてください……!」

シークレットフロア直通のエレベーターに乗り込んだというのに、鷹はまだ冬夜を下ろそうとしない。

ラテン系の血を引くがっしりした骨格に支えられた、一九〇センチはあろうかという長身は、日本人とは明らかに違う逞《たくま》しさに溢れているものの、それでも決して小柄ではない冬夜を横抱きにしたままというのは、かなりな重労働のはず。

「新婚の花嫁は、抱きかかえたまま部屋に入るもんだろう」

「誰が花嫁です？　俺は花婿ですって」

「いいから、俺の好きにさせろ。あんなろくに顔も覚えられないような地味な男に、見事に主役の座を横取りされたんだ。これくらいはさせてもらわないと、俺の男がすたる」

鷹の両手が塞がっているせいで、エレベーターの開閉も、セキュリティドアの解錠も、抱かれながら冬夜がやる羽目になって、最初の共同作業だな、などと鼻の下を伸ばす鷹を見れば、やはり悪い気はしない。

「言っておくが、本気で奪うつもりだったんだぞ、俺は。今日はあっちの二人に花を持たせたが。あの場合、丸くおさめてやるしかなかったから」

拗《す》ねた言い訳も、どこか可愛い。

「ええ。それはわかってますよ。ちゃんと見えたから、あなたの気持ちは」

「冬夜……？」

「初めて見たときから思っていた。美しい色だ。目にも鮮やかなセルリアンブルー」

言って、冬夜は、自ら鷹に口づける。

祭壇を前にした誓いのような触れるだけの神聖なキスを、チュッと音を立てて与えたとたん、鷹が目を唖然と瞠る。

「くそ……！　なんだか今日は先手をとられてばかりだ」

悔しさと喜びがない交ぜになったように呟くと、一気に足を速めていく。

そうして向かったドアは、鷹の部屋ではなかった。

たぶん、冬夜と愛菜の披露宴のために用意された部屋なのだろう。

内装も家具もオフホワイトで統一され、惰性で持ってきてしまった愛菜のブーケと同じ胡蝶蘭が、あちらこちらにふんだんに飾られている。

通り抜けたリビングには、磨き上げられたグラスと銀食器、カトラリーの数々がセットされた丸テーブルが、来賓を迎えることもないまま整然と並んでいるだけ。

だが、もしもこのテーブルが料理に彩られていたら、そのほうがよほど虚《むな》しい場所になったはずと、いまは冬夜もわかるから、鷹の意地につきあって両腕を首に回す。

まっすぐに目指したさきは、夫婦となった二人が初夜をすごすはずの寝室だ。

新婚の夜をロマンチックに演出するために、ドレープも優雅なカーテンがかけられたベッドに下ろされたとたん、再び熱く唇を奪われ、そのまま上質なスプリングの柔らかな弾力を背中に感じながら、押し倒される。

そうして、うっすらと開いた半眼に映ったものに、冬夜は目を奪われる。

ベッドを覆う天蓋《てんがい》の内側が鏡になっていて、口づけに没頭する二人の姿をくっきりと映し出していたのだ。

さらに、寝室の左右の壁にも巨大な鏡がかけられているし、ベッドの足元の側は床から天井までぶち抜きの窓になっていて、部屋の中をぼんやりと映し出している。

「な、なんで、あっちもこっちも鏡……？」

ベッドの天蓋が普通はどんな仕様になっているかなんて、冬夜は知らない。知らないが、これはちょっと恥ずかしすぎるだろうと問えば、鷹のミッドナイトブルーの瞳が、悪戯っぽく笑んだ。

「いつか、窓ガラスに映った俺の視線を感じてたろう？　それなら、自分がされていることを見ても感じるんじゃないかと思って、特注した」

「だって、ここは、俺と愛菜とのスイートルームじゃなかったのか？」

「誰が。最初から奪うつもりでいたさ。けど、まさか、きみが逆の立場になるとは思ってもいなかったが」

「たぶん、愛菜は気づいてたんですよ。俺が、他の誰かを見てることに。お互い様と思ったんじゃないですか。それに……」

言いかけながら、冬夜は、両手を鷹の首に絡め、どんなときも尊大な瞳を覗《のぞ》き込む。

「可哀想な花婿は、あなたが慰めてくれるんでしょう？」

「もちろん。お望みのまま」

豪胆な笑みの中に甘さを含めてうなずくと、鷹はベッドに放り出されたブーケから胡蝶蘭をひとつとって、髪飾りのように冬夜の耳にかける。

「なに……？」

「ショックを受けることはない。逃げた花嫁より、きみのほうがずっと似合うから」

「バ、バカっ……！」

恥じらいに頬を染めているのに、口を突いて出るのは、小憎たらしい単語ばかりで。

いいかげん、聞かされるのはごめんだとばかりに、鷹は言葉ごと冬夜の唇を奪う。

「……ん……」

キスのあいだは目をつむるというルールは、冬夜が視線に感じる以上、守る必要もないと半眼を開けたままうかがえば、間近から、心までも射貫くほど強烈な視線が絡んでくる。

実際に絡む舌の生々しい感触と、そこに注がれる鷹の視線から得る共感覚が相まって、たとえようもない官能を生み出していく。

互いに、飢えた獣の舌遣いで口腔内をまさぐり、唇の端から溢れた二人ぶんの唾液が顎《あご》から喉元へと伝い落ちて、淫靡《いんび》な流れを作っていくのもかまわず、求めあう。

強く、激しく、吐息が乱れるほどに。

長くとけるような口づけの甘さに溺れていくあいだにも、鷹は忙しい指の動きで、冬夜のシャツの前を、ボタンさえ弾け飛ぶほどの勢いで開いていく。

スラックスの前を開け、下着ごと脱がせると、口づけをいったん解いて、名残惜しげに銀糸を引きながら身を起こし、すでに淡く上気した冬夜の肌に視線を落とす。

とたんに、まだ柔らかい左右の乳首をいっぺんに摘《つま》まれたような感覚に襲われる。

相変わらず、視姦にかけては天下一品の男だ。もうそこで得られる快楽も知ってしまったから、焦れるような愉悦がじわじわと肌を撫で上げていく。

「ああ……」

鷹が発散する、目も眩むほど鮮やかなセルリアンブルーの光彩を捉えて、全身が打ち震える。快感からだけではない、どこか武者震いに似たそれに、身のうちが妖しく疼《うず》く。

この色は、優性選択のための目印なのかもしれないと、冬夜は思う。

動物の世界では、雄《オス》のほうが雌《メス》よりも美しい。強い雄ほど優美な姿で雌を魅きつけようとし、その一方で、自らのテリトリーを侵そうとする雄を牽制《けんせい》しようとする。

ライオンは威風堂々としたタテガミで、孔雀《くじゃく》は翠《みどり》に広がる飾り羽根で、若き雄鹿は枝分かれした見事な角で——そして、人がいつの間にか失ってしまった雄独特の美を、冬夜は見ているのかもしれない。

フェロモンなどという性的な意味合いだけでなく、他の雄に自らの強さを誇示するために発散する色。そうだとすれば、同性の冬夜に見えるのも納得がいく。

戦うべき相手だからこそ見えるのだと。

ならば、ここで引くわけにいかないと、冬夜は思う。

たとえ、マウンティングされるのは自分のほうだとわかっていても、ただ一方的に尽くされるだけなんてごめんだ。

逃れられないものならば自分から落としてやると、冬夜は伸ばした両手を鷹の頬に添え、さらなる陶酔を味わうために自らの胸元に引き寄せる。

望むところだとばかりに、鷹もまた、余裕も優しさもなく、熱い指の腹で小さな尖《とが》りの感触を味わうように弄《いじ》りはじめる。

「あ、はっ……！」

「好きだな、ここ。さすがに俺の花嫁だ」

鷹は嬉しそうに囁きながら、もう片方にも舌先を這わせてくる。

「だ、誰が……花嫁だっ……！」

だが、まっ白なタキシードの前をはだけられて、髪に花まで飾られた姿は、花婿というより花嫁にふさわしいかもしれない。

その呼び方はいやだと頭を振っても、周囲の鏡と窓ガラスに映る姿が否応なしに自分がされていることを思い知らせてくれて、視線より強く冬夜の官能を煽る。

「ここに俺を受け入れるんだろう。花嫁のほうがふさわしいと思わないか？」

揶揄《やゆ》とともに、いつの間にか双丘に滑り込んでいた指が襞《ひだ》を掻《か》き分け、ゆるゆると入ってくる。

覚え知った感触に、ゾッと背筋が粟立って、冬夜は小さく喘ぐ。

「く、うっ……！」

的確に冬夜の感じる場所を探りあて、くすぐり、擦《こす》り上げ、ときに引っ掻いて、繋がるための準備を開始する。その悪戯な動きに、身体の奥にある性感帯が反応して、呑み込んだ指をきゅうっと締めつける。

「くそっ！　ダメだ……余裕がない」

瞬間、鷹の口から初めて吐露された弱音。冬夜を身代わりにしたことを言い訳したときでさえ、こんなに切羽詰まった声は出さなかった。

「まいったな。潤滑剤は使いたくない。とはいえ、きみを傷つけたくもない。俺のほうをなんとかしてくれないか？」

どこか戸惑いを含んだ声で問いながら、冬夜の手をとると、自らの前に導いていく。男の証はもうじゅうぶんな硬度を持って、上質な布地を押し上げている。

どくん、と響く脈動さえ感じて、冬夜は耳朶《じだ》を羞恥に染める。

「な、なんとかって……？」

「だから、跨《また》ぐのと、跨《また》がられるのと、どっちがいい？」

「なっ……!?」

そのことの意味がわからないほど、冬夜だって子供ではない。

よくよく眼前の顔を覗き見れば、両目はいかにも楽しげに半月型に笑んでいる。

なにに困っているのかと思ったら、どうやら言葉を選んでいただけだったらしい。あげくが、このストレートすぎる物言いだ。

（こいつ……！）

脂下《やにさ》がった顔に呆れはするものの、一方的にされるだけというのも面白くない。

チャペルから奪取されて、ベッドの中でもまた主導権をとられっぱなしでは、男としてあまりに情けない。

その上、鷹からは本気だとか初恋だとか、散々告白されているのに、冬夜はまだ一言も自分の想いを、明確には告げていない。

口にするのが恥ずかしいというだけでなく、やはり男同士というところに引っかかっているのだ。なのに鷹は、やすやすと禁忌の壁を乗り越えてしまってなお堂々と、自らの欲望をつきつけてくる。

「下になるのは、ごめんです」

跨るほうが、よほど恥ずかしいとはわかっているが、抱かれるのではなく同じ行為をするのなら組み伏されるのはいやだと、冬夜ははんぱな矜持《きょうじ》で鷹の身体を押し倒す。

ファスナーを下げるなり、待ちきれないとばかりに飛び出してきた猛《たけ》りに、目を瞠り、息を呑む。むろん、こんなに間近に見たのは初めてで、性器そのものもだが、髪と同じ質感の下生えや、腹筋の逞しさに、やはりどこか嫉妬めいた気持ちを覚えてしまう。

ためらっているあいだに、双丘の狭間にぬるりと濡れた感触を覚えて、冬夜は反射的に背後へと視線を流す。途中、壁面の巨大な鏡に目が留まる。そこに映る、二人の姿が。

黒い燕尾服も雄々しい男に、露《あら》わになった両脚を広げて跨っている自分の無様なだけの姿を見れば、激しい恥辱に身が灼ける。

だが、唖然としている暇などない。

鷹はすでに、執拗だが繊細な口淫を開始している。それも性器ではなく、二人が繋がる後孔へ。柔肌を嘗《な》めながら、窄《すぼ》まりの中心を舌先で突っついて、じんわりと広がる痺れで、冬夜を戦慄《わなな》かせる。

「くっ……！」

やわらげるために、そして、味わうために、襞を指でいっぱいに開きながら、唾液が立てる淫《いん》猥《わい》な音とともに、さらに奥をねぶりはじめる。

「はっ…⁉　やっ……！」

体内をぬめったもので探られる——慣れることのできない行為に、薄茶の髪を揺らしながらかぶりを振れば、否応なしに、鏡に映る痴態が目に飛び込んでくる。

冬夜の双丘に顔を埋めて、無我夢中で行為にふける鷹の視線のすさまじさに、勝手にそこが蠕《ぜん》動《どう》するのがわかる。

「すごい……！」

濃密な低音といっしょに、ふうっと吹き込まれる吐息の熱さが、さらに冬夜を追い上げていく。

これはもう、共感覚など関係ない。

四つん這いになって、身体を重ねながら互いの性器を愛撫する——その獣のごときあさましすぎる姿に、かつてない恥辱を覚えながら、同時に、期待も感じている。

胸の中で乱れ打つ鼓動を抑えることもできず、冬夜は拙《つたな》いながらの口淫にチャレンジする。両手を幹に添えて、指の腹でしごきながら、先端を口に含む。

たったそれだけのことで、ビクンと身を震わせたものが、一気に硬度と質量を増していく。間近に男の欲情の昂《たか》ぶるさまを見せつけられて、まだ前戯でしかないというのに、勝手に息が上がっていく。

（くそっ……！　負けてられるか）

まだ、たった二度しか身体を重ねていないのに、すでに冬夜は前より後ろのほうが敏感になっているから、うっかりするとなにもしないあいだにイカされてしまいかねない。舌と指を器用に使った鷹の奉仕に、ぶるぶると双丘を震わせながらも、冬夜は負けじと熱い愛撫を返す。

「ん……はっ……」

喉奥までいっぱいに含み、頬の筋肉を窄めて吸い上げる。敏感な先端は舌先を尖らせて、突っつくように弄り回す。

それが自分を穿《うが》つものだと思うと、胸は妖しく躍り、舌遣いにも力がこもる。

「……ッ……」

背後から聞こえる押し殺したような声が、冬夜の闘争心をさらに掻き立てていく。

もっと呻《うめ》かせてやりたいと、もっと感じさせたいと、芳醇《ほうじゅん》な蜜をたっぷりと満たした袋にまで指を這わせながら、血管を浮かび上がらせて身悶《みもだ》える性器を甘噛みする。

「おい、悪戯するな……」

たまらず口を突いて出た鷹の文句が、楽しくてしかたない。

ふたつのまろみを少々乱暴に揉《も》み立てつつ、すでにトロトロと溢れはじめた先走りの滴《しずく》を強く吸い上げる。独特の苦みを感じながらも、それが鷹の情熱の証と思えば、不快感も消えるから不思議なものだ。

(俺は、本気でこいつを落としたいと思ってるんだな)

まったく、男なんて、ろくでもない。鬱々と悩んでいないで、なにがしたいのか、なにが望みなのか、さっさと身体で確かめてみればよかったのだ。

同性の性器に平気で口づけた段階で、もう気持ちは恋だ。

まごうことなき、恋だ。

そんな単純なことにようやく気づいて、冬夜は口腔内の存在も忘れて、ちょっとだけ笑ってしまった。そんな微細な振動までも刺激になったのか、鷹の両脚がびくと震える。

不規則に痙攣《けいれん》する下腹部もまた、期待と高揚を伝えてくる。

与えれば与えただけ敏感に返ってくる反応が楽しくて、根元まで下って、裏筋を丹念に嘗め上げていく。

「こら、おいたはいいかげんにしろよ」

とたんに、不服そうな声があがる。

なんて我が儘な男だ。自分からやれと言ったくせに、そこはお互い男同士だから妙なところで張りあって、感じさせられすぎるのは、やはり癪《しゃく》に障るらしい。

ならば、と冬夜は、さらに熱意を込めて唇や舌を蠢かす。わざとらしく吸って淫靡な水音を立ててやれば、後孔をなぶっている鷹の動きが止まる。

息を詰め、喉を鳴らす鷹を、忘我の淵へと突き落としてやったことにも溜飲《りゅういん》が下がる。

「くそっ……！　もう、いいっ！」

悔しげな唸《うな》りとともに、背後から肩を引かれて、ふわっと身体が宙に舞ったと思うと、背中から着地していたさきはシーツの上で、気がつくと、素早く伸しかかっていた鷹の視線に縫い止められていた。

「勝手だな」

自分から望んでおいて、限界が近いとなると力尽くでやめさせる。

あまりに身勝手すぎると告げる瞳は、肉体のもたらす官能を覚え知ってしまったいまでもまだ、穢《けがれ》とは縁のない処女のような純潔の色に満ちていることを、冬夜は知らない。

「ああ、勝手だ。そうでなくて、どうして花婿を奪うなんてことができる」

ぬけぬけと言いながら、鷹は親指の腹で、唾液に濡れ光る冬夜の唇を拭《ぬぐ》う。

「きみは俺のものだ」

冬夜が母親から受け継いだものは、共感覚だけではない。自らを他者と比べることの無意味さを知っている人間だけが持つ、絶対的な気品と誇り——何者にも屈することのない矜持こそが、男の支配欲を刺激してやまないのだ。

ストイックだからこそ、汚したくなる、犯したくなる、踏みしだきたくなる。

だが、それ以上に手に入れたくなる。

そんな鷹の気持ちはわかる。それこそ散々、男達から視線を向けられていたのだから。

「開き直って。いいんですか？　お忙しいオーナーが傷心の花婿につきっきりなんて、怪しまれますよ」

「それはない。このフロアの宿泊客をホテルマン達は、Mr.《ミスター》シークレットフロアと呼ぶ」

「Mr.シークレットフロア？」

「秘密の客というだけでなく、このフロアでなにがおころうと絶対に外には漏れない。秘密は必ず守られる。それが、世界のＶＩＰを迎えてきた『グランドオーシャンシップ東京』シークレットフロアの、真意だ」

だから、なにをしようと恐れる必要はないのだと傲然と言い放ちながら、双丘の狭間に押し当てられる熱塊の逞しさに、冬夜はゴクリと喉を鳴らす。

「なにが……おころうと？」

「そうだ」

「なにが、おきる?」

ポーカーフェイスの仮面を割って、冬夜の顔が純粋なまでの好奇に輝く。もうずっと身のうちに抑え込んできた、期待を、歓喜を、情熱を、いまこそとばかりに解放し、伸ばした両手の指に鷹の髪を巻きとりながら、自ら求めて引き寄せる。

「俺が、獣になる!」

唸るような叫びとともに、情欲に満ちた男の唇が何度目かの口づけを奪い、同時に、待ちきれないとばかりに脈打っていた性器もまた、一気の進入を開始する。

冬夜自身が、その手で、その口で、丹念に育て上げたものが、やわらいでもなお、鷹の太さを受け入れるには狭すぎる襞をいっぱいに押し広げながら肉の隘路《あいろ》を満たし、最奥までの距離を一息に詰め、ずんと鋭い突きを衝撃とともに送ってくる。

「……っ……!? あ、ああっ――……!」

耐えきれぬ悲鳴に喉を震わせながら、腕に引っかかっただけのタキシード姿も露わな花婿の身体が、乱れたシーツの上でびくびくと痙攣する。

激しい異物感に、気持ちに反して身体が生理的な拒否を示そうとも、決して逃がすまいと両脚を自分を穿つ男の腰に絡め、精一杯の情熱で応えようとするものの、いつも以上の量感で内部から圧せられれば、身動きひとつままならない。

「あっ、ああっ……！」

途切れ途切れの喘ぎを吐きながら、掻き抱いた髪を夢中で梳《くしけず》り、せめて窮状を訴えるが、鷹のほうにももはや、冬夜をおもんぱかっている余裕はないようだ。

そうしているうちに、最初は苦しいばかりだった場所も、間断のない律動のおかげで、徐々にほぐれて体温を上げていく。

強引な進入で内壁をえぐったと思うと、ずるりと粘着質な音を立てながら引いていくものの動きに合わせて、まだ強張《こわば》りを残したままの粘膜がたわんでは窄まって、淫らに伸縮しているのがわかるほどに、そこはひどく過敏になっている。

「……ん……、あっ……？」

卑猥《ひわい》な音を立てながら、肉と肉とが擦れあって生まれる熱の中に、チリッと痺れるような快感が走る。

気まぐれな星の瞬きのようなそれが、やがてあちこちに芽生えはじめる。その意味も、もう冬夜は知っているから、驚きはしない。

ひとつひとつを丁寧に拾い集めて、そこから得られる感覚のすべてを脈動とともに受け止めて、転がすように味わえば、がちがちに緊張していた内部もまた、ほろりととろけて、淫蕩《いんとう》なうねりを返しはじめる。

「……は、んっ！　あ、ああっ……」

鼻から甘ったるい吐息が漏れるころには、一時でも挿入を拒否していたのがうそのように熟しきった粘膜は、咀嚼《そしゃく》するような音を立てながら、激しく出入りを続ける熱塊に自らまとわりついていく。

内臓を引きずり出されるような感覚を耐えたと思うと、再び最奥目がけて打ち込まれ、大きく背をしならせる。そのたびに深まる官能に、冬夜は喘ぎ、身を捩《よじ》る。

最上級のマットレスとリネンに覆われた、キングサイズよりさらに大きい特注サイズのベッドの上、二匹の雄が四肢を絡めて睦みあう――淫らなばかりの姿が、どれほど視線を逸《そ》らそうとしても、鏡と窓ガラスに映って、否応なしに目に入ってくる。

意外と細やかな鷹の腰の動きや、冬夜自らが両腕で太い首に抱きついて、もっととねだるなやましい痴態までもすべて。

白波瀬鷹という男のすべてが、冬夜を感じさせる。

飽きることなくキスの雨を降らせてくる、唇と舌が。内部の敏感なポイントを的確にえぐる猛りが。冬夜のタキシードの前を乱しながら、汗ばむ肌を愛撫する指先が。

それらすべての刺激に応えて身悶える冬夜の姿を、しっかりと目に焼きつけるために、延々と注がれ続ける視線が。

一時たりとも解放してやらないとばかりに、強く、激しく、冬夜を射すくめる。

（やられてばかり、かよっ……！）

容赦《ようしゃ》ない愛撫に、身体は素直に反応するのに、心はどこかで楯突《たてつ》こうとしている。男なのだ。甘ったるく愛されているだけで、満足できるはずがないと、ようやく覚えた技巧を駆使して内壁を搾れば、身のうちに埋め込まれたものが、ビクビクと脈動して快感の強さを伝えてくる。

そんな些細《ささい》な変化まで感じとってしまう自分に呆れる一方で、「くっ！」と呻いて目を眇《すが》めた男に一矢報いてやれたことに、自然と口の端に笑みが浮かぶ。

「やってくれるな……」

悔しさより、むしろ、悦《よろこ》びが勝った声音で低く呟いた男が、では、お返しだとばかりにいきおい抽送《ちゅうそう》を速めてくる。

やったぶんだけ返されるから、結局、みっともなく泣かされる羽目になるのに、それでも受けて立たずにはいられない。ぬるく瞳を覆う涙は、悦びからではない。生理的な反応でしかないと、瞳に矜持を残し、間断なく揺さぶりかけてくる男を、睨《ね》め上げる。

だが、そんな意地や理性など、いつまでももつものではない。

繋がった部分から湧き上がる卑猥な音と、喘ぎ続ける自分の掠《かす》れ声がさらなる恥辱を煽り、冬夜を恍惚の波の中へと放り投げる。たとえ快感に揺さぶられるだけの器《うつわ》となりはてようとも、腕に込める力を抜きはしない。もっと、もっと、と熱い希求の想いを込めて、自然なウェーブのかかった黒髪に手を伸ばし、ぐしゃぐしゃと掻き乱す。

上下する胸や、速まる呼吸音に、どちらも絶頂が近いことが知れるけれど、両脚を鷹の背に絡めたままの体勢では応えることもままならず、冬夜はいちだんと力強くなる律動をあまさず受け止めようと、必死に腰を蠢かす。

いい子だと言わんばかりに、ひときわ鋭い突きを最奥に送られて、我慢の糸が切れた。

あっ、あっ、と引きつったような嗚咽《おえつ》に喉を震わせ、歓喜に肌を粟立たせながら、冬夜は一息に絶頂への階《きざはし》を駆け上がっていく。

ひっきりなしの蠕動を続ける内部を、熱い潤いが満たし、冬夜は忘我の中で、愉悦のままに長く尾を引く嬌声をほとばしらせる。

「……っ……ああ――……！」

同時に、堰《せき》を切って溢れた放出感を抑えることもできず、逞しい身体にとりすがりながら、いままで知らなかったほどの高処で、冬夜は官能に溺れていく。

いっぱいに反り返った性器の先端から放たれていく精が、ぱたぱたと自らの腹に飛び散っていくさまを、涙の膜越しに陶然と見つめると、ひとつ息をついて、最後の痙攣を耐えるために大きく喉をのけ反らせる。

目に映ったのは、ごうと音さえ聞こえそうなほどに燃え上がっていく、情欲の色。

セルリアンブルーの焔を全身から発した鷹が、苦悶《くもん》からなのか快感からなのか、眉根を寄せ、顔を歪める。

「……ッ……！」

小さく呻きながらも、最後の一滴までも冬夜の中に放とうと、小刻みに腰を揺らす。

汗を弾かせ、奥歯を噛み締め、半眼を宙に飛ばして絶頂に震える姿さえも、雄々しく輝かせる、男。遙《はる》かギリシャの地、オリンポスの神々とともに座しても、決して見劣りはするまいと思うほどに、美しい男。

（チッ…！　なんでこんないい男なんだ）

うっとりと見惚《みほ》れながらも、一人の男として羨望《せんぼう》と嫉妬すら覚える。

負けたくないと――たとえ組み伏される側であろうと、同じほどの陶酔を味わわせてやりたいと、湧き上がる対抗心は、冬夜が男である以上、消えはしないだろう。

どのみち二人とも、一度だけですむはずもない。この飢えが、この渇きが、たったこれしきの交合で満たされるはずがないと、まだ萎《な》える気配もなく、冬夜の中に堂々と存在を誇示しているものが伝えてくる。

達したばかりで過敏になった内部に、再びゆるりと律動を送られて、強烈な快感に身悶えながら必死に身のうちを搾れば、瞳に映る感情の色はさらに輝きを増していく。

この色……この鮮やかな歓喜の色を、冬夜だけが見ることができる。

もうずっと、わずらわしいだけだった力が、こんなにも心躍らせる瞬間をもたらしてくれる、まさに奇跡のごとく。

万葉の和歌の数々に、そして、ギリシャ神話の中に、いくつも残る恋物語は、ときに宮廷や天界まで巻き込んでつづられている。

一目で魅かれ、嫉妬に身をやつし、でも、つかの間の逢瀬に胸焦がし――誰もが持つ共感覚で互いの気持ちを知り、いまよりもっと大らかに恋をしていたのかもしれない。

二十一世紀のいま、遙かに時を遡《さかのぼ》り、冬夜は古代の恋を、その身に味わう。

ときに熱く燃え立つ炎のように、ときに滴る蜜のように。

甘く濃密なセルリアンブルーの光輝にともに抱かれ、全身を撫でる感触にうっとりと浸りながら落ちていく。

この世でただ一人、冬夜だけが味わうことのできる恍惚の中へと。

意識を飛ばしたのは、ほんの数分だった。

遠くから聞こえる声に呼ばれたような気がして、気怠い瞼《まぶた》を開けると、ぼんやりと焦点の定まらぬ視界に、携帯を耳に当てた鷹の横顔が浮かび上がる。

腰から下はブランケットに覆われているものの、邪魔な服を脱ぎ捨てて、汗の浮いた逞しい上半身をさらしている。

いつの間に脱がされたのか、二人ぶんの堅苦しい衣類が、絨毯《じゅうたん》の上に散らばっている。

「……わかった。すべてうまくいったんだな。ああ、花婿殿には、ちゃんとくつろいでいただいている。香月のご両親には、ご心配なきようにとお伝えしてくれ」

相手はたぶんホテルの従業員で、どうやら、花嫁の逃避行で頓挫《とんざ》した挙式の後始末をしてくれていたらしい。

「誰?」

掠れ声で問いかければ、鮮やかな色とともに視線が向けられる。

「ああ、ジェネラルマネージャーだ。ご両家には、お食事をしていただいて、お帰りいただいた。ホテルの庭をウエディングドレス姿で運転手と駆けていった花嫁は、見事に衆目の的になったらしい。緑川家のほうも、無理やり連れ戻すわけにもいかないだろう」

少々の不満を表して、鷹は用のなくなった携帯をサイドテーブルの上に放り投げる。

「まあ、それを狙って、わざわざ式をぶち壊したんだろうからな。連れ戻したところで、醜聞にまみれた花嫁をめとるなんて奇特な御仁もいるまいよ。……にしても、傍《はた》迷惑な」

自分だって同じことを企んでいたくせに、もうすっかり興味も失せたように言い捨てて、鷹は冬夜の顔を覗き込んでくる。

ミッドナイトブルーの瞳に映る、とろけるような自分の表情に驚いて、遅まきながら冬夜は顔を引き締める。

「おかげで、花婿は俺のものだ。逃げ出してくれた彼女には感謝しなきゃな」

当然のように落ちてくるキスを、一瞬速く、唇のあいだに割り込ませた手のひらで受け止めて、冬夜はくっと小さく喉を鳴らす。

「誰が誰のものだって？」

そう簡単に所有物にはならないと、余裕の笑みで矜持の高さを見せつける。

きょとんと目を瞠った鷹だったが、すぐに、そんな負けず嫌いなところがまたいいのだと、不敵な笑みを返してくる。

「共感覚が欲しいなんて思ったこともないが、きみの感情の色だけは見てみたいな。そのポーカーフェイスの下に隠してる想いが一目でわかるなら、便利だろうに」

「冗談でしょう？」

見られてたまるものかと、冬夜はしらりとそらっとぼける。

たとえアバンチュールであろうと、恋愛経験豊富な鷹のほうが遙かに有利なのだから、これくらいのハンデがあってちょうどいいと、勝負師としてのトレーダーの勘がいう。

もっともっと、この胸のうちに秘めた想いを知りたいと思え、望め、求めろ。

最初が、身代わりからはじまったことすら忘れるほどに、渇望しろ。

「Mr.シークレットフロアの秘密は、守らなければいけないものでしょう？　知りたければ、ご自分で探ってごらんなさい」

淡い虹彩の瞳に、秘密の匂いをたっぷりと含ませて、冬夜は誘いかける。

「では、遠慮なく」

愛には、愛を。

戦いには、戦いを。

その奥深くに隠されたものを暴くために、ホークアイを持つ男は、冬夜の身体を再びベッドへと沈めるのだ。

窓の外は、秘密を閉じ込める夜の闇。

誰も知らない部屋で、濃密な愛の行為は、終わりを知らぬかのように続いていく。

はたして鷹は、冬夜の口から甘い告白を引き出すことができるのか？

どちらにしろ、それを知る者は、睦みあう二人だけ。Mr.シークレットフロアの秘密は、決して漏れることはないのだから。


——おわり——

恋人の鮮やかな視線

（なんだ、これ……？）

ガラスカーテンウォールの窓いっぱいに輝く朝陽に起こされたとたん、すぐ間近に見惚《みほ》れるほど男らしい顔があって、香月冬夜《かづきとうや》は寝ぼけた頭で何事かと考える。

逞《たくま》しい腕は、まるでそうして捉《とら》えておかないと逃げられそうで不安だとばかりに、冬夜の身体を抱き締めている。

全身から発散されるセルリアンブルーは、さすがに休眠中とあって薄らいでいる。とはいえ、完璧に消えるということはない。人は眠りの中にあっても、なにかしら考えているものなのか、どこか嬉《うれ》しげにちらちらと煌《きら》めくさまが、男が見ている夢を暗示しているようだ。

たぶん、昨夜の行為の続きにでも浸っているのだろう。

（ああ……、眠ってても鬱陶《うっとう》しいやつー）

心でこぼしながら、冬夜は肩に乗っている腕をそっと外す。起こさないようにベッドを抜け出したとたん、背後からがっしと抱きかかえられて、再びベッドに引き戻されてしまう。

ずっしりと伸しかかってきた身体に押さえ込まれて、マズイと思ったときには、すでに冬夜の唇は、朝の挨拶《あいさつ》にしては濃厚すぎる口づけに塞《ふさ》がれていた。

感じやすい口腔内の粘膜を、強靭《きょうじん》な意志を持つ舌先で、ときに大胆に、ときに優しく、緩急つけて撫《な》でさすられて、全身の力が抜けていく。その上、重なった身体の中心、押しつけられている男の股間が、またじわりと元気を取り戻しつつあるような気がして、うんざりする。

（くそっ……！　うっかりしてた）

夜のうちに帰るつもりだったのに、気がつくと朝だった。男の腕の中で欲望を存分に発散させ、すっかりいい気持ちで爆睡してしまうなんて、落ち込むにはじゅうぶんすぎる。

口づけの誘惑はあまりに強烈だが、ここはキリをつけなければと、冬夜は大きく顔を振って、追ってくる男の唇から逃れる。

「その腰に押しつけているもの、チョン切られたくなかったら、さっさと放してください」

冷徹に言い捨てて、自分に伸しかかる男を、ギンと見上げる。

「おやおや、怖いことを言う」

白波瀬《しらはせ》鷹《たか》、三十二歳、『グランドオーシャンシップ東京』のオーナーは、自らのために用意したシークレットフロアの一室で、今日も恋人のつれない態度を楽しんでいる。

「それは、俺を自分だけのものにしておきたいという、独占欲かな？」

このところすっかり調子に乗ってしまった鷹の感情の色は、目覚めたとたんに一気に鮮やかさを増した。これはエーゲ海の色どころではない。波間のいたるところにサファイアがゴロゴロと揺らめいて、陽光を反射しているような状態だ。もっとも、サファイアは石だから沈むだろうが。

ともあれ、超がつくほどご機嫌なのだということだけは、いやと言うほどわかる。

その原因を作ったのは、誰でもない、誘われるままに、ついついこの部屋に足を運んでしまう冬夜自身なわけで。

（我ながら、自制心のなさにうんざりするな）

一応、毎度毎度、反省はするのだ。

結婚式当日に花嫁に逃げられるという、あの衝撃的な事件から、まだ一カ月あまりしかたっていないのに、鷹と身体を重ねたのはいったい何回になるだろうかと指を折り、八でやめた。優に週に二回は超えていると、わかってしまったから。

だがまあ、一応、恋人という関係のようだから、週に二、三回なら、決して多すぎはしないと思いたい。思いたいのだが、それが鷹をいい気にさせている原因となれば、話は別だ。

「いつまでも甘ったれてると、本気でやりますよ」

絡まってくる腕をぞんざいに振りほどき、絨毯《じゅうたん》の上に放り出してあったバスローブを羽織ると、今度こそベッドを出る。着替えを求めて控えの間を覗《のぞ》いてみれば、目に入った椅子《いす》の上に、昨日着ていたはずのスーツとワイシャツが、皺《しわ》ひとつない状態で置かれていた。

眠っているあいだに、クリーニングしてくれたのだろう。バトラーサービスが自慢のホテルだけあって、至れり尽くせりだが。そのぶん、なにをしていたかもしっかり知られてしまっているのが、なんともいたたまれない。

ともあれ、着替えを持って寝室に戻れば、ベッドから不満そうな声が聞こえてくる。

「もう帰るのか？」

「当たり前です。六時ですよ。夜のうちに帰るつもりだったのに」

「いいじゃないか、泊まっていけば。こんな広いベッドがあるんだ」

「わかってないんですね。いままではろくに外出すらしなかった俺が、結婚が破談になったとたんに外泊なんかしはじめたら、親が変に思うでしょう」

「心配しすぎだろう。どう見たってきみは、自棄《やけ》になって悪い遊びに走るタイプじゃない。まあ、俺と楽しい遊びにふけってはいるが」

傲慢《ごうまん》、尊大、不敵……と唯我独尊的な三大身勝手要素を持って生まれたおかげで、自らの行動に間違いなしと豪語できる男は、今日も鬱陶しいほどの視線を着替え中の冬夜に送ってくる。

万年春というより常夏だ。トロピカーンな欲望はだだ漏れで、朝っぱらから平気で痴漢《ちかん》ゴッコを仕掛けてくる。無遠慮な視線は、せっかく羽織ったワイシャツの胸元を楽しげに弄《いじ》っている。

「いいかげんに悪戯《いたずら》はやめてくれませんか」

もどかしいような感触が、冷めていた身体をじんわりと火照《ほて》らせていく。

「え？　俺、なにかしてる？」

「とぼけますか？　いいですよ、そちらがその気なら、もうこれっきりってことで……」

「待った！」

とたんに、視線は悪戯をやめて、叱《しか》られた子供が母親のご機嫌をとるように離れていく。

「狡《ずる》くないか、きみは。二言目には恋人を脅すようなことを」

ぷい、と鷹はそっぽを向いて、大人げなく口を尖《とが》らせる。

「脅しをかけて、ようやく互角でしょう。そちらは力尽くどころか、視線だけで俺を犯せるんだから。こっちだって身を守るためには、対抗策をとらないと」

鷹が視線を逸《そ》らしたからといって、安心はしていられないと、冬夜はベッドに背を向ける。

麻の背広に袖《そで》を通し、すっかり身繕《みづくろ》いをすませてしまうのを待っていたかのように、うなじや耳朶《じだ》に触れる鷹の吐息を感じた。これは妙だ。視界に入ってないはずなのにと思い、肩越しに振り返ったところに、本人の顔があった。

（なんだ、本物か……。ああ、びっくりした……）

心で驚くほどには、冬夜の表情に変化はない。いまとなっては二十四年間、磨きに磨いたこのポーカーフェイスこそが、鷹に対抗できる唯一の武器だ。

「ところで冬夜、いつになったら越してくるんだい？」

だらりと羽織ったバスローブに両手を突っこんで、裸足《はだし》のままで佇《たたず》む姿さえ、やけにさまになる男が、探るようなミッドナイトブルーの瞳で問いかけてくる。

「はあ？　引っ越しの予定はありませんが」

「どうして？　俺達は実質的に夫婦なんだから、いっしょに暮ら……」

「ヤです！」

最後まで言わせず、冬夜は話の腰を折る。

「まだ、全部言ってないぞ」

「実質的になんたらって不快な言葉だけで、もうその続きは聞くにおよびません」

「きみさ、ちょっと冷たくないか？」

「いいえ。ちょっとどころか、最大級に冷たいです」

もともと冷淡さには自信があったが、この男の前では、さらに気を引き締めなければと、鋭意努力を続けているのだ。

「それは、俺にだけ、特別冷たいってことか？」

「あなた以外の人は、ここまで凍気を発しなくても、その前に引いてくれますから」

「なるほど。俺ほど情熱のある男はいないというわけだ。それなら納得だ」

「だから、それが鬱陶しいんですよ。暑苦しいっていうか、ウザイっていうか……どうしてそう、自分勝手な解釈ができるんですか？」

「やだな。そんなに褒《ほ》められたら、照れるじゃないか」

ああ……と、冬夜は柳眉《りゅうび》をひそめ、盛大なため息をこぼす。

「前から思ってたんですが、ときどき日本語が通じなくなるようで……。どうして、鬱陶しいが、褒めてることになるんですか？」

「嫌い嫌いも好きのうち。そこまで毒を吐くからには、よほど好きの度合いが強いんだな」

なんとご立派な思考回路だ。なんでもかんでも自分の都合のよいように変換できる頭脳の持ち主を相手に、知性を誇るぶんだけ常識派の冬夜が、勝てるはずもない。

ここは黙って退散するにこしたことはないと、きびすを返す。

「せめて、朝食くらい、いっしょにとらないか？」

まだ未練がましく追ってくる声にも、「遠慮します」と明確に言い放つ。

「朝はあまり食欲がないので」

世界の金融市場を相手にしたトレーダーというのは、昼夜なしの仕事だ。特にニューヨーク市場が活発に動くのは深夜のせいもあって、この時間はむしろ眠りに入るころだ。おかげでまだ胃が動いてくれないから、朝食は入りそうもない。美味《おい》しい紅茶の一杯もあれば、じゅうぶん。

「桂《かつら》さんの紅茶だけ、いただいて帰りますよ」

昨今では、欧米並みのバトラーサービスをするホテルも増えてきたものの、シークレットフロアづきの執事の桂のように、本家本元の英国貴族が褒め称えるほどとなると、そうはいない。

冬夜の顔色ひとつで、そのときどきの体調に合わせた、絶品の紅茶を淹《い》れてくれる。

ビスケットやクラッカーが、クロテッドクリームやジャムといっしょに添えられていて、食欲はなくても、つい手が伸びてしまう。痒《かゆ》いところに手の届く気遣いは、実にありがたい。

「今日の紅茶は、なにかな？」

ふんふん、と鼻歌交じりに部屋を出ようとすると、背後から拗《す》ねた声が追ってくる。

「きみ、俺より桂のほうを気に入ってないか？」

「気に入ってるという表現なら、そうですね」

「そうだった。俺のことは、気に入ってるんじゃなく、愛してるんだ」

この程度の自惚《うぬぼ》れなど、驚くにあたらない。もう慣れた。

決してめげないポジティブシンキングこそが、企業家として、いずれは『白波瀬ホテルグループ』を継ぐことになる白波瀬鷹の、最大の武器なのだから。とはいえ、調子づいて伸びてくる腕に再びつかまるわけにはいかないと、冬夜は素早く身をひるがえし、忙しい一日が待っているだろうオーナーに「おやすみなさい」と二度寝を勧めて、寝室をあとにする。

いったん許したら際限がなくなる。ベッドの中ではリードされっぱなしなのだから、せめて、それ以外のときにはイニシアティブを握らねばと、決意も新たにするのだった。


「ねえ、冬夜さん。見るだけでもいいから。どれも名家のご令嬢ばかり、選《よ》り取り見取りよ」

家に帰ったとたん、待ちかまえていた伯母の箕輪貴子《みのわたかこ》が、まるで一山いくらのリンゴのように、見合い写真の束をずいっと突きつけてきた。

朝っぱらからご苦労様というか、花嫁に逃げられてまだ一カ月の冬夜に新たな見合いを薦めるなんてデリカシーのない人は、あとにもさきにもこの伯母だけだ。

「今度こそ披露宴を成功させましょうね！」

その上、目的は結婚自体ではなく、シークレットフロアでの披露宴という箔《はく》付けなのだ。

「お断りします。結婚はこりごりですから」

「なにをおっしゃるの！　昨夜はどこに泊まってきたか知らないけど、ヤケで妙な女にでも引っかかったりしたらダメよ。やっぱり相応の相手じゃなけりゃ……」

キャンキャンと吠え続ける伯母には目もくれず、困り顔の母に「すみません」と謝罪だけして、さっさと二階の自室に退散する。

「結婚か……」

今回は愛菜《あいな》の勇気に助けられる形で逃れられたが、いずれまた別の話が持ち上がるだろう。

箕輪の祖父は、戦後の混乱の中で事業を興《おこ》し、高度成長期の波に乗って一代で財を築いた人物だが、つまりは成金ということで。財界で一目置かれる存在になったいまも、出自へのコンプレックスは一族すべてにあるようで、旧財閥系の伝統ある名家との縁組みを望む者は、貴子伯母だけではない。

だからこそ、冬夜の両親は駆け落ちするしかなかったのだが。

「そろそろ、きちんとしておかないとな」

いつまでも破談を理由に誤魔化《ごまか》し続けるのは、さすがに気が引ける。結婚そのものに興味がないのだと、両親にだけは言っておいたほうがいいだろうと、冬夜は覚悟を決める。

その夜、家族団らんの夕餉《ゆうげ》の席で、三人がそれぞれに箸《はし》を置き、麦茶で喉《のど》を潤しているときを見計らって、切り出した。

「貴子伯母さんの厚意は嬉しいんだけど、今度から見合い写真はあずからないでくれないかな。俺は、結婚する気がないんです……」

語尾が掠《かす》れてしまったのが、少々情けないものの、それでも本心を告げることができただけで、心は一気に軽くなる。

対面に座った母親は、意味がわからないとばかりに、ぱちぱちと目を瞬《しばた》かせたが、すぐにいつもの調子で、はんなりと微笑《ほほえ》んだ。

「ごめんなさいね。いつもお断りしてるんだけど。貴子お姉様がお一人で騒いでらっしゃるだけだから、冬夜さんが気にすることはないのよ」

妻の隣で、それを聞いていた父の春彦《はるひこ》も、得心顔で相づちを打つ。

「やはり、箕輪から押しつけられた結婚には乗り気じゃなかったんだろう？　破談になってからのほうが、おまえ、明るくなったぞ」

「え？」

「結婚なんて、義務でするものじゃない。焦らなくても、いつか自然な形でおまえのことを理解してくれる相手と出会える日がくるさ」

それは、なにより大切な人との出会いを経験した、この父だからこそ言える言葉だ。

だからきっと、冬夜の気持ちもわかってくれるはず。

「あの……。実は、俺の共感覚を理解してくれる人を、見つけたんです」

たとえ、恋人だとはカミングアウトできなくても、せめて、自分が孤独ではないことだけは伝えておきたいと、冬夜は重い口を開く。

「おや？」

「あら？」

息の合った夫婦が、異口同音に驚きを示す。

「二人とも知ってる人です。『グランドオーシャンシップ東京』のオーナーなんです」

「オーナーって、結婚式のとき、冬夜さんをチャペルから連れ出してくれた方ね？」

ロマンチックだったわね、と夢見がちなお姫様育ちの母親が、わかっているんだかいないんだか、うっとりと告げた感想が、あまりに的を射すぎていて冬夜は焦る。

「実は、オーナーの知りあいに色聴の持ち主がいるんです。だから、あの人にとって、共感覚者は決して特別な存在じゃないんです」

「色聴って、音に色を見る共感覚ね。まあ、すてき。見てみたいわ」

共感覚者としての悩みをほとんど持たない母親が、憧《あこが》れさえ込めて語る横で、冬夜の苦労を理解している父親が、うんうんとうなずいている。

「なるほど。いい理解者を得たんだな。それで最近、よく出かけるのか？」

「はい。オーナーはギリシャ人とのハーフってこともあって、グローバルな感覚の持ち主だし、あのホテルの客には海外のＶＩＰも多いから、生の情報が俺の仕事にも役立つもんで」

「そうか。自分のちょっとした秘密を打ち明けられる友人というのは、大事にしないとな」

笑う父を見ながら、ちょっとした……か、と冬夜は胸のうちで苦笑いをする。

どれほど凡庸《ぼんよう》に見えようと、この父だけは、母や冬夜の共感覚を、なんの偏見もなく受け入れてくれる。家族だからではなく、それは確かに特別なものではあるが、結局のところ人間が持つ個性のひとつにすぎないと、当たり前のように思っている。

「そうですね」

優しい母、誠実な父……二人を心底愛しているから、冬夜はこの家を離れがたいのだ。

鷹との関係を後悔しているわけではないが、同居の申し出に簡単にはうなずけずにいるのも、二十四年間、自分を見守ってきてくれた両親に不義理をするのが、つらいからだ。

いつまでもそばにいて、親孝行をしたいと思っていたが、どうやら孫の顔を見せることはできそうもない。同性の恋人がいることで、もしかしたら両親を哀しませるかもしれない……それが、いちばん心に重い。

とはいえ、冬夜の両親も、好きな相手といっしょになるために、家を捨てたのだ。こと恋愛に関しては、実に自由な考えを持っている。たとえ息子の相手が同性だと知っても、一方的に反対はするまい。悩みながらも、理解する道を模索《もさく》してくれるだろう。

それがわかるからこそ、よけいに迷うのだ。

だが、と冬夜は思いきって切り出した。

「ひとつ、お願いがあるんです」

愛する男に、ちょっとばかりのプレゼントをするために。


昨日の今日でと思いながらも、冬夜は『グランドオーシャンシップ東京』のロビーにいた。

フロントに鷹への伝言を頼み、コンシェルジュの先導で、直通エレベーターに乗りシークレットフロアへと上がる。セキュリティドアを抜けて、鷹の部屋へと向かう廊下に出たとき、奥からこちらに向かってくる紳士の姿が目に入った。

さきを歩いていたコンシェルジュが足を止めて、深々と頭を下げる。

(あの人は……)

あまりに見覚えのある、その顔。

『白波瀬ホテルグループ』会長で、鷹と響《きょう》の父親でもある、白波瀬雅彰《まさあき》その人だ。

ホテルのパンフレットやサイトの写真で見ただけで、じゅうぶんにいい男だと思っていたが、とんでもない。本物はその数倍……いや、数十倍は色男だ。確か、二十代の半ばに最初に結婚をしていたはず。すぐに子供が生まれたとしても、鷹が三十二歳だから、五十代後半。

泰然とした落ち着きは年齢相応だが、外見はずっと若く見える。唇の上に蓄えた粋《いき》な髭《ひげ》がなければ、四十代でも通る。というか、鷹の歳の離れた兄と言われたほうが、よほど納得する。

そして、何よりもすばらしいこの色……全身から噴水のごとくに湧《わ》き出して、緩《ゆる》やかに溢《あふ》れて廊下を静かに満たしていく深い青の、わずかな歪《ゆが》みも濁りもない清流のごとき美しさ。

以前、響《くら》が言っていた『蜜が滴るいい男』とは、まさに、この男にこそふさわしい。

目も眩む青、そして、心に染み入るような甘さ――これでは、どんな女も夢中になるはずだ。

ギリシャの貿易商の娘、ティティス。世界的な女流ピアニストの摩耶《まや》。二人のセレブ女性を夢中にさせて、まだ五歳だった鷹の目の前ですさまじい修羅場を演じさせた男。

だが、女達が争うのも道理。一度、魅入られてしまったら、なにがあろうと忘れられるはずがない。恨みにしろ、嫉妬《しっと》にしろ、未練にしろ、一生、引きずっていくだろう。

(なるほど、鷹が、一人の男として父親をライバル視するわけだ)

この男は、どうやっても越えられない。

たぶん、世の中には、もっと財を持つ男はいる。もっと知識のある男だっている。もっと自信家の男は、それこそ腐るほどいる。だが、存在そのものがまさに色香ともいえるこの男を魅力で上回る者など、そうはいるはずがないと、まさに感情が発する色を捉える冬夜にはわかる。

(役者になれよ、もったいない)

冷静沈着が売りの冬夜が、そんなどうでもいいことを真剣に考えてしまうほどの、男振りだ。

「もしや、きみかな？　香月冬夜くんというのは？」

問われて冬夜は、知らずに居住まいを正していた。客はこっちなのだから、プレッシャーを感じる必要などないのに。

「お初にお目にかかる。私は白波瀬雅彰……名乗らなくても、きみは知っているのだろうね」

ごく自然に差し出された手を、冬夜は緊張気味に握り返す。

「存じてます。お目にかかれて光栄です」

挨拶をしているあいだも、握手をしている手だけでなく、視線が触れてくるのがわかる。だが、これほど濃密な色香を漂わせているのに、視線はどこまでも優しく羽毛のように掠めていくだけ。鷹が持つような情動や、ましてや欲望など、微塵《みじん》もない。

「その節は失礼した。箕輪のご隠居のお孫さんの婚儀とあれば、なにを置いても駆けつけるべきだったのに……それどころか、ウチのバカ息子がとんだ不始末をしでかしてしまったようで」

「いいえ、オーナーには、むしろお世話になってばかりで。まさか花嫁に逃げられるなんて、俺自身、想像すらしていなかったんですから、ホテル側にはなんの落ち度もありません」

「なんの落ち度もない？　そうかな？」

そこまで言って、コンシェルジュに向かって、場を外せとのサインのように、ちらと視線を投げかける。カードキーだけを冬夜に手渡して、コンシェルジュの姿が消えてしまうのを確認してから、雅彰は話を続ける。

「さて、あれに非がないとは、とうてい思えないが」

ゆるりと鼓膜を揺らす声は、さすがに親子だけあって鷹のそれと似てはいるが、父親のほうがハスキーだ。わずかにフラット気味で、どこか危うさを感じさせるぶんだけ、人の心を魅《ひ》きつける。通りすがりの冬夜相手に、普通に世間話をしているだけなのに、無駄に甘いこの声は、まさに凶器といえるだろう。

「普通なら、あれほど気まずい事件があったホテルに……それも、披露宴をやる予定だったフロアになど、二度と足を踏み入れたくないものだと思うのだが」

さらに、中身ともなれば、鋭利な刃物のようだ。

なんと目ざといことか、と冬夜は一瞬、瞠目《どうもく》した。すぐにポーカーフェイスの下に隠したものの、白波瀬雅彰は、それを見逃してくれるような迂闊《うかつ》な男ではない。

「きみはなんの気負いもなく、このフロアに入ってきた。さて、式を潰《つぶ》したのは本当に花嫁なのか？　それとも、他にもそう望む者がいたのか？」

いったい、どこまで勘づいているのか？　と冬夜は緊張に喉を鳴らす。

「実は、ウチのバカ息子が、前日に私に連絡してきたんだよ。明日の式で、関係各所に多大なご迷惑をかけることになると思うが、好きなようにさせてもらうと。もしも気に入らないことがあれば勘当してくれてもかまわない、と大言壮語を吐きおった」

「え……!?」

式の前日にということは、やはり鷹は、最初から式をぶち壊すつもりでいたのだ。

冬夜の手をとり、逃げるつもりで……。

「隠し事をしないのが男の価値だと思っている。まだまだ若い。とはいえ、私のあとを継ぐのは、あれがもっとも適任だ。私は能力主義だが、そういう意味でも、あれは有言実行の男だからな」

さすが、『白波瀬ホテルグループ』会長、親子の情には縛られないが、有能な人材をむざむざ手放す気はないらしい。

「で、もしもの可能性はあるんだろうか?」

問われて、冬夜は心の中で白旗を揚げる。

どうやっても、この男は誤魔化せない。じたばたしても見苦しいだけ。

「お答えする前に、お訊《たず》ねしてもいいでしょうか?」

覚悟を決めて、でも、ひとつだけ確認しておきたいことがあると、逆に問う。

「俺は、あなたの奥様に……摩耶さんに、それほど似てますか?」

「摩耶に?」

雅彰は、意外なことでも聞いたかのように、くっと喉奥で笑った。

「さて? きみが摩耶と似ているなんて、いま訊かれるまで、考えもしなかった。誰かに似ているというなら、やはり咲子《さきこ》さんにだろう」

「母を、ご存じなんですか?」

「知っているよ。私がまだ、白波瀬が最初に建てた『オーシャンシップリゾート』のジェネラルマネージャーをしていたころ、何度も足を運んでくださった。アフタヌーンティーを気に入ってくださって。いつも秘書の方とお二人で。まるで恋人同士のようだと思ったものだ」

「秘書……それは、父ですか？」

「ああ、そうだ。まさか、あの大和撫子《やまとなでしこ》を絵に描いたような咲子さんが、駆け落ちするとは思わなかったが。緑川《みどりかわ》のご令嬢といい、一見おとなしい女性ほど芯には強いものを秘めているということなのか」

そこで言葉を切って、雅彰はどこか懐かしげな眼差《まなざ》しを、冬夜に送ってくる。

「きみは、誰よりも咲子さんに似ているよ」

ああ……と、冬夜は、安堵《あんど》に胸を撫で下ろす。

言ってほしいと思っていた言葉だ。誰よりも、この男に——たとえ面立ちだけだろうと、冬夜によく似た女性を愛した男に言ってほしかった言葉だ。

「きみだって、そう思っているんだろう？」

問いかけてくる男の顔に溢れる自信に、鷹と同質のものを感じて、冬夜ははっと目を瞠《みは》る。

たとえ、かぎられた相手であろうと、感情の色が見える力がある以上、他人の心を探るという意味では、かなり有利だと思っていた。事実、鷹に関して言えば、うそや不安や疑惑は、一目で見抜くことができる。

だが、そんな力などなくても、経験を重ね、洞察力を深め、冷徹な観察眼を持つことによって、物事の本質を見抜けるようになる者もいるのだ、この世には。まったく、はんぱな共感覚など、なにほどのものか。雅彰の炯眼《けいがん》の前には、冬夜の力など遠くおよびもしない。

「はい」

冬夜は微笑み、素直にうなずいた。そうして、雅彰の問いに答えようとしたとき、このフロアではめったに聞かない大声が、二人のあいだに割り込んできた。

「なにしてるんですか？」

聞き覚えのありすぎる声は、鷹だ。廊下の向こうから、大きなストライドで歩み寄ってくると、冬夜の前に立ちはだかって、自分の父親と対峙《たいじ》する。

「父親のくせに、息子の恋人に色目を使うんですか？」

冬夜への質問の答えを、跡継ぎと目している長男の口からいきなりの恋人宣言で返されても、泰然とした父親は、ただ笑うだけだ。

「なにがおかしいんです？」

「いや。恋人なら、もっと紳士的に紹介してくれないか？　白波瀬の男として、いくらなんでも不作法すぎる。驚いているじゃないか、冬夜くんが」

「これはご無礼をいたしました。でも、あなたは危なすぎる」

「ひどいなぁ。私がなにをした？」

「なにもしないで立ってるだけでも、あなたはそこら中の女を誘惑するでしょう」

こうして親子が並び立つと、ハーフということもあって、上背は鷹のほうがある。若く、意気盛んで、自信満々の態度は、人を魅了するにもじゅうぶんだ。

なのに、そのまっすぐな気性との対比で、むしろ、父親の妖艶《ようえん》さが際立つような気がする。

若さは男にとって、それほどの価値ではないのだと、経験を積んだ者の重厚さにはかなわないのだと、似ているがゆえに思い知らされる。

（まあ、これじゃあ、意識するなってほうが無理だな）

たとえ、まるで相手にされていなかろうともと、冬夜は苦笑する。

一目で人間としてのすごさがわかってしまう男を父親に持ってしまえば、鷹ほどの男であろうと足掻《あが》くのだ。だが、息子なら、父を素直に尊敬しておけばいいものをと、冬夜は思う。

「まあ、廊下でする話でもなかろう。いずれ席を設けるから、ちゃんと紹介してくれたまえよ」

「そうですね、いずれ。あなたが米寿を迎えたころにでも」

どこまでも失礼な鷹の物言いにも、雅彰は飄々《ひょうひょう》と笑って、きびすを返す。

「冬夜くん、私の息子は、なかなかにいい男だろう？　私には少々劣るがね」

最後によけいな一言をつけ加えて悠然と去っていく背中を見ながら、性格的には響のほうが父親似だなと、冬夜はつくづく思いつつ、軽く一礼する。

そうしたい気にさせる男なのだ、白波瀬雅彰という人物は。

(三十年後だな、鷹が追いつけたとしても)

地中海沿岸にリゾートホテルを建てることで父親を越えたいと、鷹は言ったが、その程度ではとうてい無理だ。人間としての器《うつわ》が、まったく違う。激情こそが命と主張しているような鷹が、ライバル心などというもの自体が無意味なのだと悟るほどに枯れるまでは、それこそ二、三十年はかかることだろう。

でも、いまはまだ、父親への愛憎が入り混じったまま、鷹はひときわ声を荒げる。

「あの男となにを話していた?」

振り返った男の目に輝くのは、嫉妬の炎か。全身を包む感情の色も、ごうと音さえ聞こえそうなほどに、絢爛《けんらん》と燃え盛っている。

「べつに。うちの母のことと、あなたのことですよ」

「本当か? うっとりと見ていただろう、あの男を!」

「ええ。あなたに似てるもので。俺は、若いほうが好みかなと思って見てましたよ」

好みと言ってやったとたん、嫉妬の炎が、喜びのダンスを踊りはじめる。

まったく、わかりやすい男だ。そして、あつかいやすい男だ。

それではついでに、もう少し喜ばせてあげよう。たとえ鷹の父親といえど、ついつい見惚れてしまったのは事実なのだから、その詫《わ》びにと冬夜は微笑む。

「さすがに引っ越しは無理ですが、ときどきなら泊まっていけます。ていうか、理解ある友人の部屋に泊まってくるくらいのことで、いちいち親の許可など得るものではないよと、言われてしまいました」

そのとたん、一気にまばゆい閃光《せんこう》となって廊下を満たした青に冬夜は目を細め、自分を引きよせる力に任せて、恋人の腕の中に落ちていった。

(間違えたかも……しれないっ……)

冬夜はとろける頭の片隅で、失敗したと思っていた。

やはり図に乗らせてはいけなかった。

乗ったが最後、天井知らずに上っていくようなバカ男となれば、なおのこと。

前戯もそこそこに押し入ってきた性器は、いつも以上に精力的で、いったいどこまでいけば限界がくるのかと不思議になる。みっちりと冬夜の中を満たしているものの、乱れ打つ鼓動や熱もさることながら、注がれる視線のちりちりと痛いほどに肌を刺す感覚が、どうにもたまらない。

(いつも、こんなだっけ……?)

確かに、鷹の双眸《そうぼう》から受ける共感覚は、他の誰に比べても強烈だ。

視線に合わせて肌を撫で回される感触は、実際に愛撫されているようだし。ときには、指で開かれた襞《ひだ》の内側まで、執拗《しつよう》に擦《こす》られているような感じを覚えるほどに。

だが、調子づいた鷹の威力は、その程度のものではなかった。

ミッドナイトブルーの瞳は、灼けるような情動に満ちて、しっとりと汗を浮かべて過敏になった冬夜の肌を、容赦《ようしゃ》なく刺激している。手のひらという限界がないぶんだけ、視線の届く場所すべてを熱烈に愛撫する。どこもかしこも、見えるところはあまさずにと。

「やあっ……んっ……」

喉奥が引きつり、叫びとも嬌声ともわからぬ声を夢中で嚥下《えんか》すれば、その所作が気に入らないのか、もっと叫べとばかりに大きく前後に揺すぶられる。

「……ッ……あっ、ああっ――……！」

ろくな前戯さえ受けてないのに、冬夜の内部は、肉と肉とがもたらす摩擦《まさつ》と熱とで柔らかくとけて、出入りするものに絡みついていく。そのたびごとに、体液で濡《ぬ》れそぼった交合部がくちゅくちゅと卑猥《ひわい》な音を立てて、内部から響く音と耳から聞こえる音が奇妙に共鳴して、冬夜の鼓膜を羞恥《しゅうち》に揺らす。

「今夜は帰さないからな。腰が抜けるまで、抱いてやる……！」

身のうちは逞しすぎる熱塊に満たされて、皮膚は数万の凶器のような視線にさらされる。青く燃え立つ情念は冬夜の肌にまで流れ落ちて、じわじわと侵食してくるようだ。

「視線だけでイカせてやろうか？」

「バ、バカ……！」

きつく言い放ったつもりの声は、だが制御しきれずに、妙に甘ったるく尾を引いていく。

なんだこの声は？　と思っているあいだにも緩急をつけた抽送は、速まっていくばかり。

「え？　な、なに、こんなっ……、あっ、あっ……」

内部を鋭く圧するものに無理やり押し出されるように訪れた、すさまじく急激な放出感に、冬夜は一気に官能の頂へと上っていく。

「やっ……、ああっ――……!?」

とどめとばかりに性器の先端を爪を立てられるようにしごかれたから、たまらない。気がついたときには、冬夜は小刻みに下肢を震わせて、白濁した体液で鷹の手を濡らしていた。

あまりに早い吐精に呆然《ぼうぜん》としたのは、一瞬。すぐにも我に返り、頬《ほお》を恥辱《ちじょく》に火照らせる。

「誰が一人でイッていいと言った？」

自分でしむけたくせに傲然と言い放つ男が、お仕置きを理由にして、まだだらだらと体液を溢れさせている冬夜の身体を、それまで以上に大きく揺さぶりはじめる。

もう細やかな愛撫など知ったことかと、冬夜の両足首を握ると、いっぱいに広がった双丘に向けて、叩《たた》きつけるように腰だけを強く送り込んでくる。

「や、やめろっ……まだっ……」

放出したばかりで過敏になりすぎた中がつらいのにと、涙で潤んだ瞳で睨《にら》み上げれば、それすら嬉しいと笑う男の視線が、悪戯なキスのように降ってくる。

「感じてろ、俺のすべてを……！」

そんなこと言われなくても、いやというほどに感じている。

なまじ鷹の性格まで知ってしまったせいで、うっすらとひそめた瞳がどんな悪戯を企んでいるかまで想像がついて、よけいに肌は敏感になっていく。

共感覚は、イメージや雰囲気などという、曖昧《あいまい》なものとは違う。視覚に同調して触覚が働く、情報処理能力のひとつなのに。鷹の心情までをもくみとった気になって、勝手に官能を増幅させてしまったら、それはもう共感覚とはいえない。

ただの妄想《もうそう》でしかない。

だが、それでいい。どれほど巧みな愛撫より、共感覚が捉える感触より、恋するがゆえに膨《ふく》らんでいく、はしたないほどの想いこそが、もっとも身体を高めていくものなのだ。

テクニックだけがすべてなら、誰も必死になって唯一の相手を探したりしない。身体だけでは足りないから、心を動かすものが必要だから、それこそが恋だから、唯一の相手を求める。

この人だと、この瞳だと、この声だと、閃《ひらめ》くように気がつく。他の誰でも代わりにはならないただ一人の、恋人。

もっと気持ちいいことを、優しい睦言《むつごと》を、激しい愛撫を、熱い交合を――もっと、もっと、この相手となら高処《たかみ》を目指せると錯覚するほどの希求の想い、それこそが恋だ。

「んっ……」

そして、この青……肌のどこもかしこもをなぶり、細胞のひとつひとつにまで、じんわりと染み入ってくるような、青。

まるで皮膚を通り越して、身のうちまでも支配していくようだ。

「ああ……っ……！」

ついさっき、一気の射精に身悶《みもだ》えたばかりの性器には、まだ吐き出すものもありはしないのに、内部が異様な疼《うず》きに満たされて痙攣《けいれん》しはじめ、下腹部までが絶頂へと向かって波立っていく。

刺激を受けているのは中だけなのに、前立腺だけでなく粘膜すべてが性感帯になってしまったかのようなすさまじい官能が、産毛を撫でさすりながら全身に広がっていく。

いったいなんだこれは？　と冬夜は、驚愕《きょうがく》と快感の入り混じった目を瞠る。

まるで、これでは本当に女のようではないかと羞恥に顔を火照らせ、いまさらながらじたばたと両脚をばたつかせるが、鷹の手はびくともしない。

それどころか、ゆるりと身を引いて寂しくなっていく内部を焦《じ》らしたと思うと、鋭い腰の一突きで最奥までの距離をあっという間に詰めて、ずんと抉《えぐ》るような激情を送り込んでくる。

瞬間、内部に放たれた熱い体液を感じとって、冬夜はびくびくと下肢を弾《はじ》かせながら、我を忘れんばかりの嬌声をほとばしらせていた。

「……ッ……、あっ、ああっ――……！」

全身の汗腺から、ぶわっと音さえ聞こえそうなほど溢れた汗が、シーツを濡らす。

だが、それだけだ。性器から先走りは溢れているものの、二度目の放出には至っていないというのに、身体だけが内部の刺激に反応して、長く続く苛烈《かれつ》な絶頂を味わっている。

爪先《つまさき》が、太腿が、下腹部が、みっともないほどにひくひくと震えて、波立つ胸の鼓動もいっこうにおさまる気配がない。内部はだらだらと緩慢に痙攣して、放たれた精を味わっている。

「な、なに……？」

いまのは？　との冬夜の自問に、間近にある男がニッと笑って、答えをくれる。

「ドライオーガズムってやつだろう。射精を伴わない絶頂だ。中だけで感じすぎたな」

確かに、冬夜は普通の人より感受性は強い。実際の愛撫だけでなく、視線にまでも感じるのだから。それにしても、射精もないまま絶頂を味わうなんて、男としてあまりに屈辱《くつじょく》だ。

そんなものは知らないと、冬夜は歯がみしながら薄茶の髪を激しく振る。

「お、俺は、そんな女みたいな感じ方は……しないっ！」

まるで駄々っ子のように訴える冬夜の、上下する胸に鷹の唇が落ちてくる。

「恥ずかしがるな。俺に感じてる証拠だ」

痛いほどに乳首を噛《か》まれ、冬夜は「ヒッ……！」と声にならない悲鳴をあげた。

「まだまだ、こんな程度じゃすまさない。きみの中に、俺の形を刻みつけてやる」

胸元から喉へと過敏になった肌をたどり、鷹の舌先がなにかを目指して這《は》い上がってくる。

そうして到達したさきで、冬夜の唇にうっとりと触れてくる。

「覚悟しておけ」

覆い被《かぶ》さってくる男の口づけは、言葉とは裏腹に、優しく冬夜の唇を割って、甘やかな吐息を唾液とともに送り込んでくる。

ふと、冬夜は気がついた。まだきちんとした告白を鷹にあげていないと。

（ま、いいか、甘やかすとつけあがるから……）

そのぶん、感じやすい身体が、ちゃんと告げている。この男にだけだ、と。女以上に敏感になって、愛撫も、視線も、気持ちまでもしっかりと受け止めて、千々《ちぢ》に乱れる。その行為のいきつくさき、恍惚《こうこつ》のうちで、もしかしたらうっかりと口にしてしまうかもしれないが。

愛している、と……。

でも、いまはまだ、冬夜の胸の中、秘密の告白はひっそりと目覚めるときを待っている。

恋人達の夜は、はじまったばかりなのだから。


——おわり——

桜の下で
剣解
KAI TSURUGI
花見といえば
美しい桜と美味い酒
でもって桜よりも
美しい恋人だな
パキ
さあ
花をどうぞ
折るなんて
君に飾られる
為だったら
桜も許してくれるさ
なあどうだ
俺の冬夜《とうや》は
美しいだろ?

女扱いしてもらっちゃ困ります
何だ 美しいってのは 何も女性の為だけにある言葉じゃないぞ
ひっく
確かに冬夜《とうや》さんは綺麗《きれい》だと思います！
ガタッ
でもッ
先生だってこーすれば似合いますよ
ホラッ
あはっ
はは こりゃいいい
いいぞ 卓斗《たくと》君
ねっ綺麗でしょ～
君相当酔ってるだろ
ああ とんでもなく キレーだ

なぁ？
酔っぱらいですか
あなたは
相当怒ってますよ
アレ
えー？
…………
たこ たこ たこ たこ
相葉《あいば》君
はいっ
…私は綺麗《きれい》かい
はい
とっても!!
…
そうか
ああ
大丈夫
みたいですね
そりゃ
よかった
まさか
こんなに
酒グセが
悪いとは…
しかし何だ
あんな響《きょう》を
見るのは
初めてだな——
正直妬《や》ける
正直ですね
感情
まる見えでも
やっぱり
ム

いや響《きょう》の事は勿論《もちろん》可愛いんだが…
思うに俺は俺の手で幸せにできる人間が必要だったんじゃないかな
それが愛する人ならもう申し分ないと思わないか
誰を幸せにするですって?
だから君を
できますかねぇ
まぁそんなに簡単になってもらっちゃ張り合いがないからね
一生かけて君を幸せにするさ
End

あとがき

いつもご愛読くださっている方も、初めましての方も、こんにちは、あさぎり夕です。

『花婿を乱す熱い視線～Mr.シークレットフロア～』を、お手に取っていただいてありがとうございます。この作品は私にとって初めてのコラボ作品なので、いつもより緊張してます。

マンガと小説のイラストを担当して下さっている剣解さんは、絵の巧さもさることながら独自の世界観を持つ作品を描かれてらっしゃる方で、私もずっと好んで読ませていただいていました。なので、剣さんが挿絵の仕事をされていないことも知っていたので、初めて担当さんからこのコラボの話を持ちかけられたときには、かなり驚きました。

最初に剣さんや編集さん達を交えた顔合わせをしたのは、二〇〇九年の夏でした。その後も何度か打ち合わせを重ね、皆さんの意見を取り入れつつキャラクターやストーリーを練っていったのですが、担当さん経由で剣さんからラフや小ネタを大量に送っていただいて、イメージを構築する上でとても参考になりました。

ラフは丁寧だし、小ネタは面白いしで、私と担当さんだけで見ているのはもったいないと、一部はGOLDの企画ページで使わせていただいています。今回のノベルズ用マンガも、剣さんご自身が描かれた小ネタを膨らませていただいたものなんです。元ネタには酔っぱらった卓斗が「ラの音出しましゅ。ラー！」と叫んでるシーンとかあって、とても可愛いんですよ。

ともかくコラボということで、小説やマンガの脚本を書くのは私でも、やはり剣さんならではの個性を出したいと、あれこれ考えていたときに思いついたのが共感覚でした。

打ち合わせのさいにその話をしたら、わりと最近、共感覚を扱った番組を見たことがあるという話も出て、それならちょうどいいと安易に決めてしまったのですが、書き始めたら、これが楽しい楽しい。共感覚は超能力とか霊力とかと違って、医学的にも認められた力なもので、現実主義の私にはぴったりでした。

おかげで大好きな妄想系Hを、もっともリアルな形で表現できる作品になりました。ただし、冬夜の共感覚はかなりの部分が私の創作ですので、妙な表現もあるやもしれませんが、そこはお話ということでご容赦ください。


私も物書きになって三十三年になりますが、いつまでたっても下手くそだし、ただ長くやってるだけだなと思っていたのですが、こうして他のマンガ家さんと密に打ち合わせをしながら仕事を進めていく上でいちばん感じたのは、経験を積んでおいてよかったということでした。

ネームを確認しながら、はて？　と感じるシーンがあっても、自分ならこうはしないけど剣さんには別の意図があるのだろうと、まずそのことを冷静に考えられる——それができるだけでも無駄に歳を食ったわけじゃないのかなと。

とはいえ、編集さんを介してのやりとりですし、小説班やＧＯＬＤ班の意向も取り入れていいかなければならないしで、予告を打つ段階で、すでにこれは思った以上に大変な仕事かもしれないと感じていました。それでも、普段は自分一人で黙々と書いているだけに、色々な人の意見を取り入れながらまとめて一つの作品に仕上げていくという作業は楽しかったです。

取りかかってから一年、こうして小説バージョンの一冊目を出させていただくことができました。その間、剣さんはもとよりマネージャーの姫様、編集部の皆々様、いつも愚痴を聞いてもらってる我がマネージャー氏、デザイナーさんを始めとして本当に色々な方のお世話になりました。この場を借りてお礼申し上げます。

そして読者の皆様、ご意見ご感想などありましたら、お聞かせください。皆様の応援が何よりの力です。マンガバージョン『Mr.シークレットフロア～小説家の戯れなひびき～』は、現在もＢＥ・ＢＯＹ　ＧＯＬＤで連載中ですし、小説ｂ－Ｂｏｙ10月号からは小説バージョンの第二話も始まります。

まだまだ続く『Mr.シークレットフロア』の世界を、これからもよろしくお願いします。

二〇一〇年　猛暑の夏に　　　　あさぎり　夕

◆初出一覧◆

花婿を乱す熱い視線 ~Mr.シークレットフロア~／小説b-Boy('10年3、4月号)掲載
恋人の鮮やかな視線／書き下ろし
桜の下で／描き下ろし

ビーボーイノベルズをお買い上げいただきありがとうございます。
この本を読んでのご意見・ご感想をお待ちしております。

〒162-0825 東京都新宿区神楽坂6-46
ローベル神楽坂ビル4階
リブレ出版㈱内 編集部

リブレ出版ビーボーイ編集部公式サイト「b-boyWEB」と携帯サイト「リブレ+モバイル」でアンケートを受け付けております。各サイトにアクセスし、TOPページの「アンケート」から該当アンケートを選択してください。(以下のパスワードの入力が必要です。)
ご協力をお待ちしております。

b-boyWEB　http://www.b-boy.jp
リブレ+モバイル　http://libremobile.jp/
(i-mode, EZweb, Yahoo!ケータイ対応)

ノベルズパスワード
2580

BBN B-BOY NOVELS

花婿を乱す熱い視線 〜Mr.シークレットフロア〜

2010年9月20日 第1刷発行

著者 ―― あさぎり夕

発行者 ―― 牧 歳子

発行所 ―― 株式会社 リブレ出版
〒162-0825
東京都新宿区神楽坂6-46ローベル神楽坂ビル6F
営業 電話03(3235)7405 FAX03(3235)0342
編集 電話03(3235)0317

印刷・製本 ―― 株式会社光邦

この書籍の用紙は全て日本製紙株式会社の製品を使用しております。

Printed in Japan
ISBN 978-4-86263-826-7